Frauen, die nach Schinken stinken

Eine turbulente Kriminalgeschichte in der

Edition BoD

hrsg. von Vito von Eichborn

Juckel
Henke

Frauen, die nach Schinken stinken

Die ungeheuerliche Geschichte von Sylvias Aufstieg und Abstieg und vom Kampf um die Weltherrschaft

Edition BOD

Bücher für Entdecker

Books on Demand bietet Autoren ein neues Verlagskonzept. Viele Debütanten, etablierte Autoren und engagierte Verleger nutzen den Publikationsservice von Books on Demand und bereichern den Buchmarkt mit interessanten und außergewöhnlichen Titeln. Vito von Eichborn, einer der innovativsten Buchmacher Deutschlands, wählt als Herausgeber für die Edition BoD herausragende Neuerscheinungen aus. Lesen Sie selbst, welche Entdeckungen das Programm von Books on Demand möglich macht.

Mehr Infos auch auf www.bod.de.

Juckel Henke, 1954 in Bochum

- Kommunikationswirt
- Studium Germanistik und Philosophie
- 1988 Gründung des immer noch aktiven und somit ältesten Bochumer Kabaretts DUDELJÖH COMPANY (http://www.dudeljoeh.de)
- Autor von ca. 1.500 Radioglossen, (Heinz Kowallek, Kurt Gleisky)
- Mitautor der Internet-Soap „Kabulske“
- Veröffentlichung: 1997, Heinz Kowallek - Sonz war ja nix, ich bin weg!!! (999 Verlagsgesellschaft, Essen)

Vito von Eichborn war Journalist, dann Lektor im S. Fischer Verlag, bevor er 1980 den Eichborn Verlag gründete, dessen Programm noch heute ein breites Spektrum umfasst: Humor, Kochbücher und Ratgeber, Sachbücher aller Art, klassische und moderne Literatur sowie die Andere Bibliothek. Nach seinem Ausstieg im Jahre 1995 war er u.a. Geschäftsführer bei Rotbuch / Europäische Verlagsanstalt und sechs Jahre Verleger des Europa-Verlags. Seit 2005 ist Vito von Eichborn selbständig als Publizist tätig und fungiert u.a. seit März 2006 als Herausgeber der Edition BoD.

Meine Buchhändlerin sagte mir, „ja“, sagte sie …

Ja, das hört sich gut an. Freche Frauenromane gehen ja immer noch, seit zwanzig Jahren. Aber dieser provokante Titel irritiert mich. Worum geht's denn?“

„Unsere Ich-Erzählerin Sylvia wird Fleisch- und Wurstwarenfachverkäuferin. Eine Kollegin begrüßt sie: Willkommen bei den Frauen, die nach Schinken stinken. Und Lebensmittel spielen durchgehend eine Rolle in …“

Meine Buchhändlerin unterbrach mich, wie sie es immer tut: „Oje, ist das etwa so ein sozialkritisches Ding über die Unterschicht? Ich will die Handlung wissen.“

„Also gut. Sylvia bekommt eine Stelle bei der Sparkasse. Sie empfiehlt Geldanlagen. Nach ein paar Jahren wird sie Filialleiterin. Dann geht das Börsenfieber am Neuen Markt los. Sylvia rettet mit dem Tipp, an der Börse auszusteigen, das Geld von Metzgermeister Mosek. Sie wird gefeuert. Ihr – erotisch übrigens sehr begabter – Ehemann Klaus jedoch verliert das gemeinsame Vermögen bei der Pleite einer Internet-Gesellschaft. Er hängt sich auf. Nach ein paar Jahren Arbeitslosigkeit und vergeblichen Bewerbungen wird sie nun Verkäuferin …“

„Da ist ja richtig was los …“

„Aber dies war erst der Anfang. In Wirklichkeit geht es um eine weltweite Verschwörung. Der größte Nahrungsmittelkonzern macht im großen Stil Geschäfte mit verbotenen BSE-Abfällen und ist ein Verbrecherunternehmen. Sylvias Freund Roman, der mit seinen Büchern Skandale enthüllt, hat die Formel für die Weltherrschaft in einer Konservendose versteckt. Er recherchiert rund um den Globus und ist jahrelang auf der Flucht. Sylvia bekommt vom BND eine neue Identität. Sie landet in Sri Lanka, Glasgow, Liechtenstein, Belgien und einem schottischen

Schloss. Ein schwuler Professor wird vergiftet. Unsere Heldin schläft mit einer scharfen Frau vom britischen Geheimdienst, bis es mal wieder mit Roman zur Sache geht. Metzger Mosek taucht immer wieder auf – und hat eine lange Stasi-Vergangenheit. Als Sylvia nach Bochum zurückkommt, lebt ihre Katze noch. Andere aber leben nicht mehr lange – der Showdown findet in der Kühlkammer des Schlachthofs statt."

„Mein lieber Mann", entfuhr es meiner Buchhändlerin, „ist das alles nicht ein bisschen dick aufgetragen?"

„Aber nein, das ist ja das Besondere an diesem turbulenten Roman: Hier wird mit vielerlei Versatzstücken gespielt. Die sogenannten Chic-lit-Romane haben sich seit den Anfängen von Heller, Lind und Hauptmann in den Achtzigern weiterentwickelt. Nicht nur die Erotik ist unverblümt. Hemmungslos werden Stile gemischt, wird die Handlung geschnitten und gespiegelt. In diesem Buch gefallen mir besonders viele kleine Begebenheiten, die präzise beobachtet und ungeheuer witzig aufgespießt werden. Und das Ganze plustert sich nicht auf, sondern ist voller Selbstironie …"

„Da hätte ich gerne mal ein Beispiel", meinte meine Buchhändlerin. Ihre Skepsis war offener Neugierde gewichen.

Ich schlug auf: „Welch ein Arschloch, dieser Klammroth. C&A-Anzug von der Stange, Einfamilienhaus, zwei Frauen, drei Kinder und ein Hyundai auf Leasingbasis …"

Meine Buchhändlerin nahm mir das Buch aus der Hand. „Geldanlagen, Geldeinlagen, Geldwäscherei. In Polen brach die Schweinepest aus und in Bochum eine Welt zusammen, sagte leise Servus und fiel tot vom Stuhl – ja, sowas wollen meine Kundinnen, das hat ja wirklich viel Witz!", rief sie aus.

„Stimmt, so zu schreiben, da gehört viel Mut dazu, so lebendig mit Alltagssprache und …"

Mir hörte niemand mehr zu. Es hatte geklingelt, und meine Buchhändlerin war schnurstracks zur Tür geeilt.

Da bleibt mir nur, bei dieser Lektüre voller Drive und Überraschungen befreites lautes Lachen zu wünschen.
Wohl bekomm's.

Vito von Eichborn

Fast am Ende

Mir war kalt. Und da saß ich, Sylvia Stuben, geborene Flieg, nun inmitten der ehemaligen Sozialisten. Ich stand noch einmal auf, klopfte Karl Marx auf die Schulter, sah Friedrich Engels in die Augen, ging an Rosa Luxemburg vorbei, grüßte Karl Liebknecht kurz und setzte mich anschließend erschöpft neben Willy Brandt auf die Bank. Direkt gegenüber stand Fidel Castro aufrecht neben Che Guevara.

Jetzt konnte mich eigentlich nur noch ein Wunder retten. Ich spürte, dass es nicht mehr lange dauern würde. Ich war am Ende meiner Kräfte. Wie konnte es nur dazu kommen? In meinem Kopf lief ein Film ab.

Mittendrin

2000

Frau Stuben, können Sie bitte mal in mein Büro kommen", rief Abteilungsleiter Klammroth.

Mir schwante nichts Gutes, denn einer unserer zahlungskräftigsten Kunden, Metzgermeister Mosek, hatte aufgrund meiner Anlagetipps in den vergangenen sechs Monaten nahezu 325 000 DM in den Sand gesetzt. Dumm gelaufen!

„Frau Stuben", sagte Klammroth ernst, „setzen Sie sich. Ich glaube, es ist an der Zeit, Ihnen klarzumachen, dass wir es uns nicht leisten können, auch noch die Kleinanleger zu vergraulen. Was, zum Teufel, hat Sie geritten, Herrn Mosek polnische Wertpapiere zu empfehlen? In unserem letzten Meeting haben wir ausdrücklich darauf hingewiesen, dass osteuropäische Werte nicht angesagt sind. Und in einen Fonds zu investieren, der zu 60 Prozent in Wurstwaren, zu 10 Prozent in Rentierfleisch, zu 3 Prozent in Messerschlifftechnik und zu 27 Prozent in Sonstiges setzt, das ist vollkommen out! Und was machen Sie, Frau Stuben? Genau das! Und das geht nicht! Noch so ein Ding und Sie können gehen."

Welch ein Arschloch, dieser Klammroth. C&A-Maßanzug von der Stange, Einfamilienhaus, zwei Frauen, drei Kinder und ein Hyundai auf Leasingbasis. Vorsitzender des Kegelclubs „Die Pudelkönige" und Blutspender beim Deutschen Roten Kreuz. Hauptsächlich wegen der Tafel Schokolade danach. Klammroth, der Anwärter zum Ohrfeigengesicht des Monats. Eines jeden Monats.

Der Anfang

1988 hatte ich mein erstes Bewerbungsgespräch.

Fräulein Flieg, nehmen Sie doch bitte Platz", sagte Klammroth und bat mich in einen überdimensionalen kleinen Sessel, in dem ich versank und er mir von oben in die Augen schaute.

„Fräulein Flieg, nun seien Sie doch nicht so nervös, es ist doch nur ein Vorstellungsgespräch."

Er drehte sich um, ging ans Fenster, schaute hinaus und sagte: „Wer abends Fisch essen will, muss morgens früh aufstehen."

Einfach so. Der Satz sollte mich bis heute verfolgen.

Aber anscheinend hatte ich mich gut verkauft, denn nur eine Woche später erhielt ich die Zusage für den Job in der Sparkasse. Und ich war hochzufrieden. Das Kreditinstitut hatte mich erstanden. Ohne Ausgabezuschlag und Managementgebühr. Zu einem Festpreis.

Mein erster Arbeitstag war genau so, wie ich ihn mir vorgestellt hatte. Klammroth begrüßte mich, stellte mich im Schnelldurchgang den Mitarbeitern in allen Abteilungen vor und verschwand anschließend in sein Büro im dritten Stock.

Da saß ich nun, 25 Jahre alt, blondbraune Haare, 1,72 Meter groß, 60 Kilogramm schwer und kerngesund. Ich fühlte mich allein in meiner neuen Welt. Um mich herum herrschte eine gewisse ruhige Unruhe. Ich schaute automatisch auf die Füße meiner neuen Kollegen. Trugen hier alle Pantoffeln? Nahezu lautlos huschten Hinz und Kunz von Pontius nach Pilatus, vom Kopierer zum Fernschreiber, von der Toilette zur Kantine

– meistens war es jedoch umgekehrt. Acht Stunden am Tag – und das von Montag bis Freitag.

Nach meinem ersten Monat kannte ich außer Klammroth immerhin schon fünf Kollegen, deren Namen ich mir merken konnte. Irgendwie war alles noch sehr fremd für mich.

„Morgen, Mahlzeit und tschüss!!"

Der Sommer 1988 war heiß, doch dann verwandelte monsunartiger Regen die Schlossallee in eine Badstraße. 17.00 Uhr, ich musste los. Direkt am Gefängnis vorbei ging ich ins Gebäude der Stadtwerke, um meine Gasrechnung zu begleichen.

Bis zum Westbahnhof waren es von dort nur noch 200 Meter. Vollkommen durchnässt hetzte ich auf Bahnsteig 6. Karl, mein dünner Vetter aus Paderborn, sollte um 17.45 Uhr mit dem Intercity „Cornelia Frohbös" ankommen. Aus der Ferne hörte ich das typische Geräusch einer Diesellokomotive. Mit einer Minute Verspätung fuhr der Zug in den Bochumer Hauptbahnhof ein. Dummerweise hatte ich es versäumt, mir für 10 Pfennig eine Bahnsteigkarte aus dem Automaten zu ziehen. Von links und rechts sah ich jeweils einen Kontrolleur auf mich zukommen.

„Na, mein Fräulein", nuschelte mich der von rechts kommende Bundesbahnmitarbeiter an. „Darf ich bitte einmal Ihre Bahnsteigkarte sehen?"

Mir wurde übel. Wie konnte ich mich auch nur ohne Bahnsteigkarte auf einem deutschen Bahnhof aufhalten? Nachdem ich mich bereits im Gefängnis sah, sprang Gott sei Dank ein gut aussehender Mittvierziger vom Bahnsteig aufs Gleis und wurde vom einfahrenden Intercity überrollt, der dadurch nicht wie geplant, laut Wagenstandsanzeiger, im Abschnitt D hielt.

Ich begrüßte Karl kurz, fuhr mit ihm in einem Taxi zu meiner Mutter, die bereits leckere Toastvariationen vorbereitet hatte, speiste kurz mit ihnen und verschwand danach in meine Mansardenwohnung in der Gustavstraße in Bochum-Hamme.

Am nächsten Tag ging ich wieder zu meiner Arbeitsstätte.
Unser Büro wurde durch Paravents getrennt. Geldanlagen, Geldeinlagen, Geldwäscherei – im dritten Stock. Nichtrauchergroßraumbüros rechts und links. Ein Raucherbüro am Ende des Ganges rechts oder links – je nach Laufrichtung. Damentoiletten links, Herrentoiletten rechts, Eingang links, Ausgang links (es gab nur diese eine Tür).

Nach zwei Jahren hatte ich schon vieles in den Griff bekommen. Auch Klammroth schien mit meiner Arbeit zufrieden zu sein.

Er hatte sich 1990 endlich dazu durchgerungen, mir den Bereich Anlagen bis 500 000 DM anzuvertrauen.
Bereits um 9.00 Uhr an diesem verschneiten Januarmontag hatte ich meinen ersten eigenen Kunden. Metzgermeister Mosek, staatlich vereidigter und konzessionierter Fleischer. Erste Adresse in Bochum und Metzger des Vertrauens vieler Mitbürger. Er nahm Platz, ohne dass ich ihn dazu aufgefordert hatte und lümmelte sich auf dem Kundensitzplatz aus Ebenholz, griff in seine Jackentasche, suchte und fand eine Fehlfarben-Zigarre aus Havanna. Er grinste mich an wie ein Rind aus seiner Zucht und frönte seiner Sucht. Sei letztes Zündholz zündete nicht und er bat mich um Feuer.
Ich nahm das Feuerzeug mit der Aufschrift: „Sparst du heute, freut es dich morgen – deine Sparkasse“, gab ihm die Flamme und schenkte ihm das Feuerzeug.
Genussvoll sog er an seinem Tabakgewächs und blies den Rauch in die Klimaanlage, die plötzlich, so schien es, zu husten begann. Welch ein Anblick. Mosek und die Zigarre in seinem Maul. Ich schaute zweimal hin. Tatsächlich, bereits bevor es Piercings gab, lernte ich eines kennen.

Der Metzgermeister trug einen Nasenring, winzig, aber groß genug und ich musste unweigerlich an meinen letzten Urlaub vor 15 Jahren im Sauerland denken. Alma, die Kuh mit dem großen Euter, trug einen ähnlichen Nasenring. Was wäre, wenn ich Mosek in ein Kundenbindungsprogramm einbinden, beziehungsweise anbinden würde? Würde er Milch geben, begänne er zu muhen oder ...

Mosek schien meine Gedanken erahnt zu haben.

„Fräulein Flieg", sagte er und blies mir den Qualm seines kubanischen Stinkers ins Gesicht, „wir sind hier nicht im Sauerland und mein Nasenring geht Sie überhaupt nichts an."

Nachdem ich Mosek überzeugt hatte, in Bundesschatzbriefe mit sechsjähriger Laufzeit, jederzeit verfügbar, zu investieren, verließ er frohen Mutes mein Büro, nicht ohne seine Havanna in der Erde meiner Yuccapalme zu versenken.

Das Telefon klingelte. „Hier ist Klammroth. Fräulein Flieg, kommen Sie doch bitte einmal in mein Büro."

1991 fühlte ich mich sehr wohl in meiner kleinen Welt. Die Spatzen pfiffen von den Dächern, ein Dachdecker stürzte von dort herab, die Rosen blühten in ganzer Pracht und es war Sommer. Peter Maffay hatte zum 14. Male versucht, sich seine Warze über der linken Lippenpartie entfernen zu lassen. Es war sinnlos! Alle Versuche schlugen fehl. Daraufhin komponierte er meinen Lieblingssong. Ich weiß bis heute noch nicht warum und wie er heißt.

Es war heiß. Ein sehr heißer Julifreitag. Das alljährliche Sommerfest der Sparkasse war angesagt. Auf dem Vorplatz, direkt vor dem Eingang der Schalterhalle, ließ Klammroth eine kleine Glamourwelt errichten. Würstchenbuden, Bierstände, Hüpfburgen und Dixie-Klos. Es gab Preisausschreiben, Infostände, Feuerschlucker, Jongleure und Affen, die lippengetreu Heino-Lieder im Playback nachäfften. „Heile, heile Gänschen", heile Sparkassenwelt.

Ich saß am Infostand, direkt neben der Würstchenbude. Schon von weitem sah ich, dass ein Mann von einem Mann, ein Mann also, auf mich zukam. Geraden Schrittes lief er mir entgegen und ließ sich in einen weißen Plastikstuhl fallen. Er zog an seinem Joint und sang böhmische Volksweisen. Ich musste lauthals lachen.

„Mein Name ist Schreiber, Roman Schreiber", lallte die lustige Person mit der großen Zahnlücke. Er erzählte mir einige Schwänke aus seinem Leben. Zugedröhnt wie er war, eines musste man ihm lassen, es waren herrlich poetische Schwänke. Nachdem er grußlos hinfortschritt, war es mir klar. Dieser Roman Schreiber konnte nur Schriftsteller sein.

Wir hatten unser beliebtes Montagsmeeting. – Jour fixe – Klammroth zog mal wieder richtig vom Leder. Ein verbaler Rundumschlag. Chefkassierer Hasselmanns roter Kopf drohte zu platzen. Mir schien, als käme bereits Dampf aus seinen Ohren. Sollte er jetzt auch noch anfangen zu pfeifen?

„Kaffee ist fertig!", rief Suse, meine neue Praktikantin. Suse war in der Jahrgangsstufe 12 der Goethe-Schule und absolvierte bei uns ihr erstes Praktikum. Eigentlich wollte sie Mechatronikerin werden, obwohl es diesen Beruf offiziell noch gar nicht gab. Aber wenn der Vater sagt, die Tochter solle etwas Anständiges lernen, dann doch bitte schön was Ordentliches und möglichst bei einem Kreditinstitut. Darauf kann man eine Bank setzen. Allein der Name „Kreditinstitut" ließ mittlerweile meine Nackenhaare hochsprießen. Nach drei Jahren wusste ich sehr gut, was in so einem Institut alles abgeht. Und mein nächster Kunde wartete bereits seit einer geschlagenen Stunde.

Metzgermeister Mosek war wieder einmal da. Mein Tipp mit den Bundesschatzbriefen hatte ihn überzeugt. Aufgrund seiner ungewöhnlich guten Umsätze mit Bio-Fleisch hatte er jetzt noch Kohle übrig, die er zusätzlich anlegen wollte. Ich empfahl ihm, Anleihen auf russische Traktorenmotoren zu zeichnen. Und bereits nach drei Monaten erzielte Mosek tatsächlich eine Rendite von sagenhaften 13,7 Prozent. Mosek war zufrieden, ich war zufrieden und selbst Klammroth war hochzufrieden. Friede, Freude, Eierkuchen.

Durch mein glückliches Händchen im Anleihengeschäft wurde ich im Oktober zur Mitarbeiterin des Monats gewählt. Klammroth bat mich in sein Büro. Ab Januar 1993 sollte ich die kleine Filiale in der Fischerstraße leiten.

„Ich, Sylvia Flieg, ich, ich, jaaaa, ich werde Filialleiterin!!!"

Und mit dieser Tatsachenentscheidung sollte sich mein Leben grundlegend ändern. Und wie wir alle wissen: „Alles verändert sich, wenn du dich veränderst!"

1993 war ich gerade einmal 30 Jahre alt und Filialleiterin. Karriereherz, was willst du mehr? Natürlich hatte ich mich outfitmäßig etwas verändert. Nicht mehr ganz so konservativ wie bisher. Ein roter Lederrock, schwarze Nappastiefel, ein Kaschmir-Pullover mit V-Ausschnitt und ein dezentes, rotes, dem Sparkassen-Design angepasstes Rouge ließen mich beim ersten Anblick im Spiegel zwar erschrecken, aber man gewöhnt sich an alles.

Als ich am ersten Arbeitstag im Januar meine Filiale betrat, wurde ich überfreundlich von meinen zukünftigen Untergebenen begrüßt. Es war nur eine kleine Zweigstelle, trotzdem arbeiteten außer mir noch vier Mitarbeiter in Vollzeit und eine Schwangerschaftsvertretung in Halbzeit vor Ort. Kurz nachdem ich mich vorgestellt hatte, fuhr Klammroth in seinem Cabrio vor, um mich den Mitarbeitern vorzustellen.

„Stellen Sie sich vor, Herr Klammroth, ich habe mich bereits vorgestellt, nicht dass Sie mich jetzt nachstellen."

„Mir", sagte Klammroth und alle brachen in schallendes Gelächter aus, während er kurz darauf schon wieder verschwand.

Der erste Monat verlief genau so, wie ich ihn mir vorgestellt hatte. Das Kreditgeschäft florierte, die Mitarbeiter waren gut drauf und ich kaufte daraufhin Blumen für die gesamte Filiale. Mir war einfach danach. Das Betriebsklima stimmte und im Februar wurde unsere Zweigstelle zum ersten Mal überfallen. Die Täter erbeuteten eine fünfstellige Summe. Peanuts! Kassierer Blum erlitt einen Schock, fuhr für zwei Monate zur Kur, die Überwachungskamera wurde modernisiert, und alles lief wie gewohnt weiter.

Am 1. Mai begab ich mich bestens gelaunt in die Filiale. Ich wunderte mich, dass keiner meiner Mitarbeiter da war, bevor ich registrierte, dass der 1. Mai ja Tag der Arbeit heißt, weil man an diesem Tag nicht arbeiten muss. Also fuhr ich wieder zurück nach Hause, ließ das Wasser in meiner Badewanne überlaufen und reichte den dadurch entstandenen Schaden bei meiner Versicherung ein.

In der Bank gab es weitere vier Überfälle und drei neue Kassierer. So langsam wurde es langweilig. Mittlerweile kannte man die Täter schon, nur die Polizei tappte weiterhin im Dunkeln.

1994 freute ich mich auf meinen Urlaub.

Lang war es her, dass ich auf Wangerooge meinen letzten Urlaub genossen hatte. Genau genommen, zwölf Jahre. Ich verbrachte meinen Urlaub damals mit meiner zweiten großen Jugendliebe. Klaus Stuben.

Klaus lernte ich damals während meines WiWi-Studiums an der Ruhruniversität Bochum kennen und lieben. Wie könnt ich nur den kleinen Klaus vergessen? Er wollte immer nur nachts und beim ersten Male nahm er mich direkt von hinten. Klaus kam aus guten Familienverhältnissen. Sein Vater war Lokomotivführer, seine Mutter war Chefsekretärin bei Krupp in Essen.

Was haben wir uns damals die Nächte um die Ohren geschlagen. Im Club Liberitas bei Theo an der Theke, in der Jobsiade, bei Karl Voigt, dem Mann mit den tausend Tieren, auf der Brückstraße, im Drugstore auf der Brüderstraße und am Milchhäuschen im Bochumer Stadtpark. Oben, am höchsten Punkt von Bochums grüner Lunge.

An einem lauen Sommerabend 1982 trafen wir uns dort gegen 21.00 Uhr. Wir wollten noch einmal über unsere Zwischenprüfung sprechen.

Ein höchst interessantes Thema: „Cashflow und Geldverschwendung im Öffentlichen Dienst unter Berücksichtigung des Hebeleffekts bei Minus-Wachstum."

Klaus hatte sich an diesem Abend den Mini-Cooper seines Vaters geliehen und fuhr damit bis an den Rand des Sandkastens am Spielplatz, wo um diese Zeit kein Kind mehr spielte. Auch die Parkwächter hatten längst Feierabend gemacht.

Gut sah Klaus aus, als er sich aus dem Mini zwängte, während ich mich vor einer Stunde mühsam in meinen Minirock gequält hatte.

Wir sprachen kurz über das Klausurthema, dann zwängten wir uns gemeinsam in seinen Mini, ich mich aus meinem Mini – es wurde eine Maxi-Nacht! Wie gesagt, Klaus war nachtaktiv wie eine Eule und ausdauernd wie ein Karnickel.

Die Klausur hatten wir beide in den Sand gesetzt und das Semester war verschenkt. Zu meinem 20. Geburtstag bekam ich ein Sparkassenbuch von meiner Patentante geschenkt. Jeden Monat lang, seit meiner Geburt, hatte sie für mich 5 DM gespart. 20 Jahre lang. Feierlich überreichte sie mir an meinem Jubeltag mein erstes kleines Vermögen.

„Mit Zinsen, mein Kind, mit Zinsen sind im Laufe der 20 Jahre daraus 1.248,93 DM geworden. Und die gehören jetzt dir. Alles Liebe zum Geburtstag, meine kleine Sylvia“, sagte meine Patentante.

Innerlich jubelte ich, äußerlich gab ich ihr einen dicken Kuss auf die Wange, bedankte mich artig und rief Klaus an.

Zwei Tage später saßen wir bereits in der Fähre, die uns von Carolinensiel nach Wangerooge bringen sollte.

Doch vorher musste ich ja noch arbeiten.

„Frau Flieg“, wurde ich aus meinen Träumen gerissen, „Frau Flieg, Herr Semmler möchte Sie sprechen.“

Semmler war einer meiner besten Kunden, daher hatte mich Klammroth aus meiner kleinen heilen Filialwelt in die Hauptstelle geholt, um Semmler die große, weite Welt der Sparkasse und nicht nur eine kleine, unscheinbare Filiale zu zeigen.

Nicht umsonst sollten im nächsten Jahrhundert potenzielle Sparkassenkunden mit Hubschraubern kreuz und quer durch die Welt geflogen werden.

Semmler wusste genau, was er wollte. Ich wusste genau, dass er zwar was wollte, aber nichts mehr hatte. Also mussten wir, als seriöses Kreditinstitut, ihm das auch noch wegnehmen.

Nach drei Monaten wurde Semmlers Haus versteigert. Einen Monat später konnte man das Anwesen über unsere Immobilienabteilung günstig erwerben.

Wie ich später erfuhr, gehörte dieses Haus seit 35 Jahren nur uns, mit häufig wechselnden Schicksalen.

Nun war es so weit. Ich hatte mich ertappt. Mein Arbeitgeber war „uns“. Und ich war plötzlich er! Wer bin ich, wo bin ich, was bin ich? Ich hatte einen kleinen Trost. Nur noch heute arbeiten, diese acht Stunden und dann …

Dann 14 Tage lang raus, raus ans Meer, ans blaue Meer.

Zu Hause angekommen, schaltete ich zuerst mein Handy ab. Sicherheitshalber zog ich auch noch die SIM-Card heraus und ließ meine Badewanne mit Wasser voll laufen, achtete aber darauf, dass es ja nicht mal wieder überlief. Derweil brannte der IKEA-Tisch in der Küche an, weil ich nicht auf die brennenden Kerzen achtete. Ich meldete den Schaden meiner Hausratversicherung.

Ich schlief tief.

6.15 Uhr. Der Wecker gackerte. Normalerweise hasste ich diesen Wecker in Form eines Hühnervogels. Dieser Wecker piepste nicht, sondern er gackerte, wenn die voreingestellte Weckzeit erreicht war. Aber heute schien mir das Gegacker ausgesprochen gut zu gefallen.

„Kickeriekie, Kickerikie, puttputtputt", dröhnte es aus der Uhr. Ich war hellwach und begann, sofort zu singen.

„Ich wollt' ich wär' ein Huhn und hätt' nicht viel zu tun!"

Jawoll, so war es! Mein erster Urlaubstag. Schnell noch frühstücken, Koffer packen und ab in den hohen Norden.

Gegen Mittag erreichte ich Carolinensiel. Ich stellte mein Auto auf dem Parkplatz direkt am Hafen ab, trennte mich von meinem Gepäck und begab mich an Bord der Fähre. Während der Überfahrt sammelten Matrosen – in Donald-Duck-Kostümen – Geld in Dosen für die tapfere Seenotrettungsgesellschaft mit beschränkter Haftung. Der Kahn war gut gefüllt. Kegelclubs, Singles, Doubles und Familien mit und ohne Kinder. Alle hatten beste Laune mit an Bord gebracht und auch etwas zu trinken. Ich bekam Hunger und kaufte mir eine Bockwurst für 1,85 DM und kurze Zeit später legten wir auch schon an. Der Leuchtturm leuchtete nicht und der Wind blies von Nordwest nach West. Die Uraltinselbimmelbahn, betrieben von der Deutschen Bahn AG, stand bereit. Bereit für mich und zirka 198 – 201 andere Urlauber und einheimische Rückkehrer, die bereit waren, sich die frische Seeluft um Hals, Nasen und Ohren pfeifen zu lassen.

Am Bahnhof Wangerooge angekommen, wurde es zum ersten Male lustig. Das Gepäck, welches separat transportiert wurde, wurde ausgeladen. Wie auf dem Flohmarkt gingen ungefähr 198 – 201 Menschen auf die geöffneten Container zu, um ihr Gepäck zu identifizieren und abzuholen. Dreimal schritt ich die Container ab, ohne meine Koffer zu finden. Ich sprach einen freundlichen Bahnmitarbeiter an, der mich beruhigte und mir sagte, dass das völlig normal sei. Dann würde das Gepäck eben mit der nächsten oder übernächsten Fähre, spätestens aber morgen früh hier ankommen.

Was nun, Frau Flieg? Auf dem Bahnhofsvorplatz standen mehrere Menschen vor Bollerwagen und hatten Schilder mit Aufdrucken wie: „Cafe Pudding“, „Haus Ohnesorge“, „Vadda Abraham“ und „Zum Deutschen Haus“ dabei.

Gott sei Dank erkannte ich auch einen Mann, der ein Schild mit der Aufschrift „Seemöwe“ hoch hielt. Er stand vor einem Bollerwagen, hatte eine Zigarette im Mundwinkel hängen und schien seelenruhig auf Gäste zu warten. Mein „Seemöwe“-Abholer war ein Friese von Mensch. 1,92 Meter groß, muskulös, kariös und friesisch herb.

„Na, mein Frollein, zeigen Sie mir doch mal Ihre Reservierungsbestätigung“, sagte er.

Ich erklärte ihm, dass alle meine Unterlagen noch im Gepäck, das noch nicht da war, steckten.

„Datt macht ja nix, geben Sie mir Ihren Gepäckschein, 5 DM und ich bring Ihnen dann alles zur Seemöwe. Sie können schon mal vorgehen. Richtung Café Pudding, dann direkt an der Promenade entlang, rechts, zweite Straße wieder rechts, dann die dritte links, über den Zebrastreifen, dann das fünfte Haus auf der rechten Straßenseite, rechts Südwest 134 Grad Fahrenheit, hähähä, Frollein, wir sehen uns später“, sagte er und spuckte die Zigarettenkippe direkt in den Papierkorb, der am Straßenrand stand.

Wir sahen uns tatsächlich später wieder. Nachdem ich im Hotel angekommen war, schaute ich alle zwei Stunden in den Flur. Und tatsächlich: Mit der letzten Fähre war auch mein Gepäck sicher am Bahnhof angekommen und die Koffer standen vor meiner Zimmertür.

Am nächsten Morgen genoss ich mein Frühstück. Stück für Stück. Es war kurz nach 9.00 Uhr. Müsli, Obst und Orangensaft aus der Glaskaraffe, frisch aus dem Tetrapack umgefüllt, standen, zum sofortigen Verzehr empfohlen, auf dem Tisch. Nach dem Frühstück ging ich zurück auf mein Zimmer.

Die Sonne blinzelte durch die halb heruntergelassenen Jalousien, ich blinzelte zurück und freute mich auf meinen ersten Tag in der Freiheit. Ich bereitete mich auf den Strandgang vor. Mit meinem türkisfarbenen, knappen Bikini, der Armani-Sonnenbrille, Strandmatte und Sonnenöl bewaffnet, ging ich die 125 Meter zu Fuß zum Strand.

Welch ein Anblick. Sand links, Sand rechts, Meer geradeaus. Außer mir waren um diese Uhrzeit nur zehn bis 15 Menschen an diesem Strand. Noch! Denn gegen 11.00 Uhr wurde es merklich lebhafter. Die ersten Familien mit Kindern, Förmchen, Schaufeln und Luftmatratzen engten meinen Strandplatz ein.

Eine Horde pubertierender Jugendlicher setzte sich, ausgestattet mit vier Kisten Bier, drei Radiorekordern und 15 Frisbeescheiben, direkt neben meine Strandmatte.

Ich beschloss, weiter in Richtung Westen zu ziehen. Nach ungefähr vier Kilometern hatte ich es geschafft. Immer weniger Menschen säumten den Strand.

Kein Wunder, denn ein Schild stand plötzlich mitten im Sand: „FKK-Strand – Zutritt nur nackend!"

Ich musste mich entscheiden. Entweder nackend oder Frisbeescheiben und Förmchen am Kopf. Keine Frage.

Ich zog mich aus, begab mich an den äußersten Rand in Richtung der Dünen, cremte mich ein, setzte meine Sonnenbrille auf und fühlte mich rundum wohl.

Nach ein paar Bahnen im aufgewühlten Nordseewasser trocknete ich mich ab, legte mich auf meine Strandmatte und döste ein.

„Entschuldigung", hörte ich jemanden sagen. Ich blickte auf und sah einen Mann vor mir stehen, der ein Muttermal am Sack hatte.

Ein riesengroßes Muttermal, fast so groß wie sein linker Hoden. Das sagte mir etwas.

Ich konnte es kaum glauben, aber er war es wirklich. Klaus Stuben, meine zweite große Jugendliebe. 1982, nach unserem gemeinsamen Urlaub, hier auf der schönen Insel Wangerooge, hatte ich ihn zum letzten Mal während eines Galamensaessens in der Ruhruniversität zu Bochum getroffen. Danach verloren wir uns irgendwie aus den Augen. Aber dieses Muttermal am Sack; es konnte nur Klaus sein.

„Klaus?", fragte ich.

„Sylvia?", fragte er.

Tatsächlich, er war es. Ganz und gar, leibhaftig und nackend, wie auch ich.

Wir plauderten über alte Zeiten, erzählten uns unser Leben, gingen in sein 4-Sterne-Hotel, gingen direkt ins Bett und liebten uns so heftig wie in alten Zeiten in seinem Mini-Cooper.

Es war so, als wäre in all den Jahren dazwischen nichts passiert. Dazwischen, welch ein Wort, ähnlich blöd wie Übergangsmantel oder Verlegenheitslösung. Ja, die deutsche Sprache ist schon ziemlich bescheuert. Schön bescheuert.

Die 14 Tage vergingen wie im Flug. Ich war verliebt, verliebt in einen Jemand, in den ich schon einmal verliebt war, bevor sich alles verflüchtigte.

Wir turtelten wie die Tauben, schnäbelten wie die Spatzen und vögelten wie die Berserker, obwohl wahrscheinlich nur ein Berserker weiß, wie Berserker vögeln.

In Carolinensiel angekommen, stiegen wir in unsere Automobile, nicht, ohne vorher unsere persönlichen Daten wie Name, Straße, Postleitzahl, Ort, Telefonnummer, Handynummer, persönliche URL und E-Mail-Adressen ausgetauscht zu haben.

Am Montag war ich zehn Minuten früher in der Filiale als sonst. Alles schien beim Alten zu sein. Toni Hemmerle, mein mittlerweile fünfter Kassierer, erschien direkt nach mir und um 9.00 Uhr war die gesamte Mannschaft komplett. Business as usual.

Während meiner Abwesenheit hatte Ilse Kosloswski die Filiale geleitet und kam gegen 13.00 Uhr zur Übergabe zu mir in mein Büro. Wir wickelten ab und wünschten uns gegenseitig weiterhin viel Erfolg.

In diesem Jahr traf ich mich noch acht Mal mit Klaus, bevor wir am 23.12. heirateten. Wir konnten uns zunächst nicht auf einen gemeinsamen Familiennamen einigen. Sylvia Flieg war schon blöd, aber Sylvia Stuben-Flieg klang noch blöder. Klaus wollte aber absolut nicht Klaus Flieg oder Klaus Flieg-Stuben heißen. Also einigten wir uns auf Stuben. Ich hieß also ab sofort Sylvia Stuben und Klaus blieb Klaus Stuben.

1995 verliefen unsere ersten drei Monate als Eheleute sehr harmonisch.

Wie frisch Verliebte hatten wir eine herrliche Zeit miteinander.

Klaus arbeitete in einer Immobilienfirma und hatte am Dienstag in der 4. KW, man sagt ja nicht mehr am 21. Januar, einen wichtigen Termin bei einem Kunden in Freudenberg. Es ging um einen Großauftrag. Sollte es Klaus gelingen, einen Vertrag über drei Jahre mit dem Kunden abzuschließen, hätte er ein Jahresgehalt als Prämie sicher.

Er war den ganzen Abend lang sehr nervös. Nicht einmal mehr die Wiederholung der Lindenstraße sah er sich zu Ende an.

Immer wieder griff er zum Taschenrechner, setzte sich schließlich an seinen Laptop und erstellte eine Excel-Tabelle nach der anderen.

Ich blieb tapfer und schaute mir noch die Spätnachrichten im ZDF an, zappte mich dann durch SAT 1, RTL 2, durch alle Dritten Programme und ging kurz nach 1.00 Uhr zu Bett.

Irgendwie fragte ich mich, warum man zu Bett geht, nicht ins Bett. Wahrscheinlich weil man sich legt und gar nicht geht.

Am nächsten Morgen holte Klaus die WAZ aus dem Briefkasten und ich den Toast aus dem Backofen.

Nach dem Frühstück küssten wir uns – mit Zunge – und verließen gemeinsam die Wohnung. Er stieg in den geleasten 3er BMW, ich begab mich in den Opel Corsa Firmenwagen.

Metzgermeister Mosek hatte sich mal wieder angekündigt. Die Rindfleischpreise zogen an, seine Verkaufspreise auch. Mit anderen Worten: Das Geschäft brummte. Es waren mal wieder 50 000 DM anlagebereit. Wir von der Sparkasse sind in solchen Fällen immer empfängnisbereit und gut gelaunt erleichterte ich Mosek von seinem Geld und freute mich, dass ich für die Vermittlung an unser angeschlossenes Lebensversicherungsinstitut auch noch eine ordentliche Prämie kassieren konnte.

Im März wurden plötzlich alle drei Kolleginnen der Filiale schwanger. Eine nach der anderen wurde dicker und dicker. Klaus und ich besuchten ein Marius-Müller-Westernhagen Konzert und Peter Alexander trafen wir in einer kleinen Kneipe in unserer Straße. Nach zwei Glas Kölsch und drei Liter Rotwein bot uns Peter Alexander das Du an und schon zwei Monate später verbrachten wir ein herrliches Wochenende in seiner Villa im Burgenland, wo uns seine Hausangestellte morgens mit einem Haferl Gespritztem und selbst gemachten Mozartkugeln verwöhnte. Auf einer geführten Rundfahrt auf dem Mondsee ging die Sonne auf. Ein Kontrolleur wollte unsere Fahrkarten sehen, begnügte sich dann aber mit einem Autogramm von Peter Alexander.

Klaus hatte es tatsächlich geschafft. Der Dreijahresvertrag war in trockenen Tüchern und er hatte feuchte Hände. Ein Jahresgehalt zusätzlich. Das musste gefeiert werden.

Im Bochumer Stadtpark-Restaurant, einem Gourmet-Tempel erster Klasse, ließen wir es uns bis spät in die Nacht hinein gut gehen. Gegen 2.00 Uhr tauchte plötzlich Klammroth mit seiner fetten Sekretärin Cordula Reis auf. Auch seine Hose stand auf. Ein Narr, der Böses dabei denkt.

Klammroth schien etwas alkoholisiert zu sein und seine hässlichen Glupschaugen drohten aus den Höhlen zu fallen, als er uns am Tisch sitzen sah.

Er ließ sich jedoch nichts anmerken, schloss seinen Hosenladen und bestellte von der abgespeckten Nachtspeisenkarte. Für sich einen Rehrücken mit Preiselbeeren und für seine Geliebte Taubeneier in Aspik.

Am nächsten Morgen klingelte bereits um 9.00 Uhr das Telefon. So früh und schon der erste Anruf? Ich ahnte nichts Gutes. „Hier ist Ihre Sparkasse, mein Name ist Sylvia Stuben, was kann ich für Sie tun?“

„Oh, Scheiße, verwählt“, sagte die Stimme am Telefon.

„Macht nichts, Herr Scheiße“, antwortete ich und legte auf.

Eigentlich hatte ich gedacht, dass Klammroth mich auf die unheimliche Begegnung des gestrigen Abends ansprechen würde. Aber nichts dergleichen. Er war stinkfreundlich. Hier stimmte etwas nicht.

Zu unserem Freitagsmeeting hatte sich ein hohes Tier aus der Frankfurter Konzernzentrale angekündigt. Kurt Sombacher. Wie ich von Rita Schreiner, einer Kollegin aus Castrop-Rauxel, erfuhr, war Sombacher bereits in der vergangenen Woche in der Castroper Filiale und hatte irgendetwas über eine Umorientierung in Beratungsgesprächen gefaselt. Es war die Rede von einem so genannten „Neuen Markt" gewesen.

Und so war es dann auch bei uns. Sombacher, ein Mittvierziger mit 32 Zähnen, Armani-Imitat und Zuckungen im Augenlidbereich, erschien pünktlich um 10.30 Uhr und fiel als Erstes über das Brötchenbuffet her, das Klammroth hatte besorgen lassen. Nach neun halben Leberwurstbrötchen putzte er sich seine fettigen Lippen mit seinem vollgeschnäuzten Stofftaschentuch ab und begann zu referieren.

„Das Internet heute ist wie die Entdeckung Polynesiens durch Kolumbus. Die Kambrische Explosion vor zirka 500 Jahren bescherte uns das vielzellige Leben. Wenn wir jetzt nicht umdenken, weg von den Standards, hin zu neuen Wegen, dann können wir den Laden gleich dichtmachen. Durch den erleichterten Zugang zum Risikokapital können wir zwei Fliegen mit einer Klappe erschlagen. Die Investoren und die Anleger. Selbst Unternehmensberater müssen von uns beraten werden, bis die ganze Welt glaubt: Wer jetzt nicht investiert, der hat Pech gehabt. Meine Damen und Herren, es herrscht Goldgräberstimmung im Land. Wir, von der Konzernzentrale, werden ab sofort jeden Morgen um 8.30 Uhr alle Filialen über den neusten Stand der Informationen per E-Mail informieren. Noch ist dieser Bau dreistöckig, aber Sie werden sehen, spätestens zur Jahrtausendwende wird nicht nur hier an diesem Standort, nein in jeder großen deutschen Stadt, ein Gebäude, nahezu so hoch wie der Bleistiftturm bei uns in Frankfurt, stehen. Wir versprechen Ihnen, dass Sie für jeden Neukunden, der Aktien zeichnet, satte Vermittlungsprämien bekommen. Das ist alles im Preis berücksichtigt. Es wird eine Euphorie herrschen, wie 1948. Liebe Kolleginnen und Kollegen, ich zähl auf Sie. Vielen Dank!"

Sprach es, aß vier halbe Käsebrötchen, steckte sich eine Dolde Weintrauben in den Samsonite-Koffer, rülpste und verließ nahezu fluchtartig das Gebäude.

Er hatte bereits um 11.30 Uhr den nächsten Termin in Wanne-Eickel, bei Filialleiter Prinz.

Und 1996 ging die Post dann so richtig ab. Immer mehr Neulinge drängten an die Börse. Selbst der Hansaplast-Verkäufer, der auf der Kortumstraße in Bochum seit 15 Jahren Heftpflaster mit den Worten „Ein Meter Hansaplast, nur 1 Mark, ja Leute, billiger geht's wirklich nicht!" verkaufte, hätte gute Chancen gehabt, bei uns Risikokapital zu erhalten, damit er mit seinem Bauchladen an die Börse gehen konnte. Der Mann blieb jedoch standhaft. So blieb uns der Börsengang Straßenpflaster AG erspart.

Aber immer neuere, obskure Unternehmen versuchten, durch den Boom, Kohle zu machen.

Ein gewisser Stephan Schambach aus Jena gründete eine Firma namens Intershop. Intershop klang in meinen Ohren nach Autobahnraststättenrestaurant auf der Transitstrecke nach Berlin. Trotzdem rannten ihm immer mehr Leute die Bude ein. Nachdem auch noch die Telekom so genannte Volksaktien auf den Markt warf, brummte unser Schuppen noch mehr. Um den letzten Deppen auch noch Kohle aus der Tasche zu ziehen, gab es sogar noch Rabatt beim Kauf von 300 T-Aktien. Aber nicht nur die Telekom durfte jubeln. Zweipersonen-Firmen schossen aus dem Boden. Ein Handy zu haben wurde trendy und selbst eine besonnene Frau wie ich überlegte, in wen ich investieren sollte. Goldgräberstimmung eben.

In der zweiten Septemberwoche ging das Gerücht um, dass die Haffa-Brüder, die Shootingstars des Segmentes „Neuer Markt", bei uns vorstellig werden sollten. Bei uns in Bochum, in der Hauptfiliale. „Watt wolln die denn hier?", fragte Herr Flinger, unser Facility-Manager. „Ja, watt wolln die denn hier?", fragte ich mich auch.

Um 10.00 Uhr hielt ein Volvo mit Anhängerkupplung vor unserer Eingangstür. Flinger eilte aus seinem Kabäuschen und lotste die beiden Herrschaften an uns vorbei, direkt zur Treppe aus Teakholz, die in die Führungsetage hinauf führte.

„Holz auf Holz gibt Eiche", dachte ich und wunderte mich, dass die Haffa-Brüder Holzschuhe trugen.

„Klapp, klapp, klapp!", klang es durchs Gebäude. „Zawumm!" Die Tür fiel ins Schloss.

Keine zehn Minuten später: „Klapp, klapp, klapp!", klang es wieder durchs Gebäude.

Und genauso schnell, wie sie gekommen waren, waren die Brüder wieder verschwunden.

Klammroth hatte einen puterroten Kopf, stürmte die Holztreppen herunter, stellte sich mitten in die Eingangshalle und brüllte höchst ungehalten: „Wir sollen uns um den Neuen Markt kümmern – und was passiert, da kommen zwei Typen und wollen einen stinknormalen Kredit für ihren Neuen Markt. Wer hat mir die zwei Brüder aus Venlo ins Haus geholt?"

Klammroth drohte zu explodieren, aber er beruhigte sich schnell, denn das, was explodierte, war tatsächlich der Neue Markt, aber nicht der in Venlo. Auch unsere Umsätze explodierten. Immer mehr Kunden zeichneten Aktien.

1997 gab es mehr als eine halbe Million Neukunden in der Aktionärsfamilie der Telekom. Ein gewisser Ron Sommer strahlte. EM-TV war der neue Star am Börsenhimmel.

Intershop-Gründer Stephan Schambach erhielt den „California Governors IT Entrepreneurial Excellence Award" und ich wurde Pudelkönigin beim Firmenkegeln im Arosa-Keller in Essen. Der Kegelclub beschloss, Ende des Jahres die Klubgelder in Aktien am Neuen Markt anzulegen.

Das Jahr begann für mich extrem stressig, aber Geld bringend. Als ich eines Abends wieder einmal viel zu spät nach Hause kam, saß ein Mann am Küchentisch. Ich erinnerte mich, dass ich diesen Mann vor ungefähr zwei Jahren geheiratet hatte, konnte mich aber nicht mehr an seinen Vornamen erinnern. Er erzählte mir, dass er in drei Monaten einen Vertrag abschließen könnte, der ihm ein Jahresgehalt zusätzlich an Prämie sichern würde. Ich hörte kaum hin und sagte nur: „Fein, wie viel möchten Sie ordern? Frankfurt, Berlin oder Düsseldorf? Ultimo?"

Er nahm seinen Taschenrechner und setzte sich vor unseren Personal Computer, ich nahm zwei Aspirin, trank eine Flasche Rotwein und legte mich ins Bett. Keine zehn Minuten später war ich auch schon eingeschlafen. Ich träumte, ich hätte einen Traum.

Im Traum wurde ich wach und ich dachte, ich träumte, dass ich aufwachte. Tatsächlich träumte ich aber weiter. Der Kühlschrank kam auf mich zu und raunzte mich an: „Trau dich. Tau mich, du alte Schlampe!" Auch der Herd stellte sich bedrohlich vor mir auf und sagte: „Nutz mich, aber putz mich, und zwar Dalli Dalli!" Die Mikrowelle klagte über falschen Wechselstrom und von rechts näherte sich die Toilettenschüssel. „Siehst du, was ich sehe? – Kalkablagerungen!" Der Popkornautomat rebellierte, der Toaster schrie vor Schmerzen und das Waffeleisen klappte auf und zu. Eine riesige Staubwolke kam auf mich zu, legte sich über meinen Körper und verstopfte meine Nasenschleimhäute. Der Wecker klingelte und ich wurde schlagartig wach. Oder träumte ich immer noch?

„Liebling", sagte Klaus.

Klaus? Ja, jetzt fiel es mir wieder ein. Mein Mann hieß Klaus mit Vornamen.

„Liebling", sagte Klaus, „ich habe einen Termin in Mecklenburg und muss bis hinter Pommern fahren. Am Dienstag wird es sich dann entscheiden, ob ich noch ein zusätzliches Jahresgehalt bekomme."

Er stieg in eines unserer Autos und kehrte erst am Wochenende wieder zurück. Ich stieg ebenfalls in eines unserer Autos und hatte schon auf der Hinfahrt zur Filiale kein gutes Gefühl.

Schon um 7.45 Uhr standen rund 50 Neukunden vor der verschlossenen Eingangstür und sie wedelten mit Geldscheinen.

„Aufmachen! Wir wollen anlegen!", skandierten sie.

Der Wahnsinn ging immer weiter. An einem einzigen Vormittag orderten Kleinstanleger Aktien im Wert von knapp zwei Millionen DM – allein in unserer Filiale. Welch ein Land – welch eine Stimmung. Wer will noch mal, wer hat noch nicht?

Da ich umsatzbeteiligt war, klingelte es auch in meiner privaten Kasse.

Ende Dezember ließ ich mir die Krampfadern entfernen. Ambulant, privat und diskret. In einer kleinen, luftdichten, durchsichtigen Dose nahm ich die Krampfadern mit nach Hause und stellte sie direkt neben das eingerahmte Foto von unserer Hochzeit, auf den Kachelofen.

1998 besaß nahezu jeder zehnte Bundesbürger Aktien. EM-TV erhöhte den Jahresumsatz um 119 Prozent auf 23,4 Mio. DM. Die Firma Intershop ging an die Börse. Hightech made in Ossi-Land. Highfly gen Norden, was den Kurs anbelangt. Wer eine der begehrten Aktien ergattern konnte, machte über Nacht aus 100 Mark 242 DM. Thomas Haffa, der von EM-TV, hatte so viel Geld gescheffelt, dass das Gerücht umging, er würde jeden Morgen nach Rom fliegen, um sein Kleingeld aus Säcken heraus in einen römischen Brunnen zu werfen, um anschließend wieder zum Firmensitz nach München zurückzufliegen.

Metzgermeister Mosek kam am Freitag, den 13. August zu seinem mittlerweile obligatorischen Beratungsgespräch.

„Frau Stuben, ich will sofort meine Lebensversicherung beleihen. 200 000 DM. Und dieses Geld legen Sie bitte für mich in Blue Stone-Aktien an."

„Herr Mosek, ich mache Sie darauf aufmerksam, dass Sie auch auf Rot oder Schwarz, Pair oder Impair oder auf rien ne va plus setzen können!", sagte ich.

Aber das war Mosek so was von egal und im September besaß er 12 435 Aktien einer niederländischen Computerfirma, einer Aktiengesellschaft namens MADGE. Zuvor hatte er Blue Stone mit 92 Prozent Gewinn veräußert. Nach dem Motto: Stecke 2 Mark rein – nimm 5 Mark raus, ging das Börsenfieber weiter. Analysten bestätigten Intershop mit „Kaufen", worauf sich Schambach kurze Zeit später von Thüringen nach San Francisco absetzte.

1999 soll es tatsächlich noch Leute geben, die in Spielcasinos oder auf Pferderennbahnen gehen.

Klaus hatte seine Prämien – immerhin 18 Jahresgehälter – in eine obskure Aktiengesellschaft namens Cow-Cash-Flow investiert. Diese Firma hatte sich darauf spezialisiert, Kuhscheiße zu Geld zu machen. Aus Kuhfladen wurden Wärmereflektoren für Mikroprozessoren hergestellt. In Zusammenarbeit mit einer afrikanischen Tierfarm für Mistkäferzucht und einer Company, die CC-Fliegen klonte, gelang eine wunderbare Symbiose zur Herstellung biologischer Chips für Platinplatinen.

Tausende weiterer Hightech-Firmen schossen aus dem Boden.

Im Sog des Neuen Marktes kletterte auch der DAX auf immer neue Rekordmarken.

Als ich eines Abends völlig geschafft nach Hause kam, saß Klaus vor seinem Wärmereflektor-PC und tradete live.

„Kaufen, verkaufen, kaufen, verkaufen …"

Immer mehr Freunde, Bekannte und Nachbarn leasten oder kauften sich sehr schöne, teuere, neue Autos. Oma Simmerath von nebenan, 83 Jahre alt und immer noch rüstig, hatte ihre Ersparnisse innerhalb von zwei Monaten versiebenfacht und flog für neun Monate nach Gran Canaria. Ernst Weiners kleiner Kiosk war dicht.

„Wegen Reichtum geschlossen", stand in großen Lettern auf der heruntergelassenen Rolllade.

Der Sohn von Hauptkommissar Watzke, ein Germanistik-Student im 36. Semester, ließ sich das Suppengrün von Fleurop nach Hause liefern. Sichere Arbeitsplätze wurden gekündigt, man feierte deftige Orgien. Überall im Land knallten die Sektkorken. Für mich persönlich war jedoch das Ende der Fahnenstange absehbar.

Klammroth war allerbester Laune, als er zum Jour fixe am Freitagmorgen erschien.

„Meine Damen und Herren, liebe Kolleginnen und Kollegen. Hallelujah, Sakramentzifix und Lecks mi am Oarsch", tönte er frohen Mutes. „Das erfolgreichste Jahr in der Geschichte unseres Unternehmens neigt sich dem Ende entgegen. Umsatzsteigerungen in Höhe von sage und schreibe 394 Prozent im Monatsdurchschnitt. Die Konzernleitung hat deshalb beschlossen, das Weihnachtsgeld zu verdoppeln."

Alle klatschten erfreut in die Hände, ich klatschte mit dem Kopf auf die Tischplatte. Ich war so erschöpft, dass ich einschlief.

Und ich träumte einen neuen Traum. Ich war in Woodstock und ein Farmer rief: „I am a farmer and I have a dream!“ Im Hintergrund sangen die Everly Brothers „Dreaming“, Nena sang „Nur geträumt“ und Fritz Teufel las in einer kleinen Buchhandlung Friedrich Engels. Fast schlief ich sogar im Traum ein, doch ein gewisser Herr Doktor Freud schüttelte mich wach und stellte mich zwei Männern vor, die den Haffa-Brüdern ähnelten. Einer von links, einer von rechts, während sich eine mir unbekannte Person von hinten an mich heranmachte, um mich in den Po zu kneifen. Wer konnte das sein? Ich hörte noch ein lüsternes Stöhnen. Der Mann im magentafarbenen Anzug zupfte an seiner Kleidung und summte meinen Lieblingssong. „Und es war Sommer. Das allererste Mal!“ Na denn, Mahlzeit!

Kollegin Babsi weckte mich und fuhr mich freundlicherweise nach Hause. Dort angekommen, musste ich an meinen Horrortraum denken. Mir wurde schlecht. Ich übergab mich im Badezimmer und benutzte feuchtes Toilettenpapier, um mein Gesicht zu reinigen. Danach stellte ich mich 20 Minuten unter die Brause, verbrauchte eine ganze Flasche Limetten- und Zitronenshampoo zum Duschen, Baden und fürs Haar. Ich gurgelte zehn Minuten, putzte mir 15 Minuten lang die Zähne und verschlang noch eine Familienpackung Fishermans Friends. Danach ging es mir besser.

Am Montag erreichte ich ohne Umwege mein Finanzimperium. Es gab wieder einmal Sektfrühstück, PowerPoint-Präsentationen und viel Lobhudeleien. Wir durften bevorzugt Vorzugsaktien kaufen, Gleitzeit gleiten, hatten dafür aber Urlaubssperre. Von Anfang April bis Ende Oktober. Der Rubel sollte ja schließlich weiterrollen.

Natürlich hatte Klaus schon alle Brückentage gecheckt und unseren Urlaub in die ersten zwei Maiwochen gelegt. Nein, diesmal nicht nach Wangerooge. Es sollte weiter weg sein. Zwei Wochen Halbpension auf Spiekeroog. Und jetzt das: Urlaubssperre.

Egal, Klaus fuhr also allein nach Spiekeroog und ich blieb halt in Bochum, um auch noch den letzten Dummen das Geld aus der Tasche zu ziehen.

Ich war total ausgepowert und hätte gerne Urlaub gemacht. Aber so schlief ich zum wiederholten Male am Schreibtisch ein und träumte schon wieder:

Ein Pastor predigte ins Volk: „Jeder Mensch, der einen gesunden Menschenverstand besitzt und den Namen Karl Marx auch nur beiläufig gehört hat, hätte daraus Kapital schlagen können. Liebe Gemeinde, dieser Karl Marx hatte in seiner Jugend in einem kleinen Café gesessen und über die Zukunft der Arbeitgeber nachgedacht. Aber da fing es auch schon an zu regnen. 40 Tage und eine Nacht lang. Und an einem dieser 40 Tage schuf Gott Himmel und Erde."

Ich wurde jäh aus meinem Schlaf gerissen, denn es klopfte an meiner Tür. Und da war er auch schon wieder. Metzgermeister Mosek.

„Frau Stuben", sagte er und schaute mich mit seinen kleinen braunen Augen, die denen eines Spanferkels ähnelten, an und zog mich an die Seite. „Frau Stuben, jetzt geht es erst richtig los! Ich habe für ganz kleines Geld in der Nähe von Warschau eine Ausbeinerei übernommen. Und ich kann auch noch den ganzen Schlachthof kaufen. Ich brauche dringend zusätzlich zu meinem Eigenkapital weitere 3 Millionen Mark."

Noch hatte Mosek Neue-Markt-Aktien, aber nicht genug, um Fleischkönig in Polen zu werden.

„Herr Mosek", sagte ich, „ich kann Ihnen nur raten, schnellstens alles, wirklich alles an Neuen-Markt-Werten zu verkaufen und in sich selbst zu investieren. Dieser Neue Markt wird bald seine Stände abbauen und abhauen. Noch haben Sie Zeit!"

„Wollen Sie mich veralbern, Frau Stuben?", fragte er. „Der DAX steht bei über 8 000 Zählern und das Ende ist offen."

Ich erwiderte: „Herr Mosek, glauben Sie mir, wenn Sie in Zukunft eine Zukunft haben wollen, schauen Sie auf die Gegenwart. Schauen Sie zwischen die Zeilen der Börsenblätter. Denken Sie nicht nur über Aluminium nach, denken Sie auch an Kartoffeln, Rübenzucker, Mais, Schweinefleisch. Beobachten Sie traditionelle Technologien wie zum Beispiel Schleiftechnik. Mosek, ich sage Ihnen: Die fetten Jahre sind vorbei!"

Der Metzger schüttelte nur mit dem Kopf, murmelte so etwas wie „Danke!" und verschwand.

Am Wochenende rief mich Klaus aus Spiekeroog an. Per Online-Banking hatte er alle – fast alle – Aktien verkauft. Bis auf Intershop. Und mehr noch, er hatte alle Gewinne dorthin umgeschichtet. In Intershop-Papiere. Er klang euphorisch, faselte von einer Villa in der Toskana und kündigte an, am Donnerstag wieder zurückzukommen, da er am darauf folgenden Montag wieder zu einem Vertragsabschlusstermin fahren müsste, der ihm drei Jahresgehälter zusätzlich einbringen konnte.

Mosek hatte tatsächlich über meine Worte nachgedacht und hatte alle Aktien verkauft und die Kohle in osteuropäische Werte investiert. Er war stinksauer.

Ende 1999 schossen die Werte am Neuen Markt nämlich noch einmal richtig in die Höhe und hätten ihm, wäre er länger engagiert geblieben, ein sattes Plus von 25 Prozent gebracht.

Irgendwann musste Klammroth von meiner eigenwilligen Aktion Wind bekommen haben, aber jetzt war das Kind schon in den Brunnen und er aus allen Wolken gefallen.

Seit ich Mosek die Umschichtung empfohlen hatte, war er durch obskure Deals, die er mit diversen Finanzexperten eigenmächtig getätigt hatte, mit 325 000 DM in die Miesen gerutscht. Klaus hatte mittlerweile tatsächlich wieder drei Jahresgehälter zusätzlich an Prämien erhalten und steckte weiterhin alles in Intershop-Papiere.

Während Mosek im Jahr 2000 kurz vor dem Konkurs stand, lagen auf dem Konto der Eheleute Stuben ca. 2,8 Millionen DM.

In Polen brach die Schweinepest aus und in Bochum brach eine Welt zusammen. Eine?

Mosek schaltete einen Anwalt ein, Klammroth wurde in die Zentrale nach Frankfurt bestellt und ich einen Tag später in sein Büro.

Gegen eine Abfindung von 95 000 Mark, die Klaus sofort in Intershop-Aktien steckte, trennten sich die Sparkasse und ich im gegenseitigen Einvernehmen, wobei das gegenseitig sehr einseitig war.

Erstmals konnte ich an einem Wochentag ausschlafen. Klaus saß bereits seit zehn Minuten in der Küche. „Sylvie, wann gibt es Frühstück?", rief er.

Ich blieb im Bett und schlief noch einmal kurz ein. Als ich aufwachte, hoffte ich, dass ich nicht wieder geträumt hatte. Aber nein! Es war wirklich wirklich. Klaus hatte den Brötchenbringservice angerufen, schnell gefrühstückt und als ich aufstand, war er schon verschwunden.

Ich blieb morgens immer länger im Bett liegen und hatte Klaus seit drei Wochen nicht mehr bewusst wahrgenommen.

Am 14. April klingelte der Postbote, der Jack Nicholson ähnelte, zweimal an der Tür. Ein Einschreiben, unterschrieben, abgestempelt und mit Rückschein. Die Personalleitung der Sparkasse hatte meine Unterlagen zurückgeschickt. In dem Umschlag lag außerdem noch ein Schreiben, in dem man sich für meine jahrelange Mitarbeit bedankte und mir alles Gute wünschte. Dazu fand ich noch mein Arbeitszeugnis – gar nicht mal so schlecht – und meine Rentenversicherungsunterlagen.

Jetzt wurde mir zum ersten Mal klar, dass sich in meinem Leben einiges verändern würde. Durch den ganzen Aktienhype an der Börse war mir nämlich eines abhandengekommen. Es gab auch noch ein Leben abseits des Geldes.

Es klopfte. Eine Frau mit einer Aldi-Tragetasche stand vor der Tür, holte fünf Beinkleider aus der Tüte und fragte: „Wolle Hose kaufen?"

Träumte ich schon wieder?

Aus dem zweiten Stock kamen ein Notarzt und zwei Rettungssanitäter den Flur heruntergehetzt. Zwischen den Sanitätern war eine Trage, auf der ein Mittdreißiger lag. Mit knallrotem Kopf, röchelnd und die Augen verdrehend wurde er in den Rettungswagen gebracht. An diesem Tag hatten die Krankenhäuser Hochkonjunktur. Der NEMAX war mit gut 10 Prozent ins Minus gerutscht. Und als auch Intershop statt 50 Mio. nur noch 28 Mio. im Quartal erwirtschaftete, verlor die Aktie schnell 65 Prozent ihres Wertes.

Ich verlor Klaus, der sich auf Wangerooge erhängte, und stand plötzlich vor einem Scherbenhaufen. Durch Klaus' Selbstmord musste ich mich erstmals um die Privatfinanzen kümmern. Aber um welche Finanzen? Klaus hatte sich schlicht und einfach verzockt. Aber da war ja noch die Lebensversicherung, die Klaus direkt nach unserer Heirat abgeschlossen hatte. Aber da war nicht mehr die Lebensversicherung. Klaus hatte sowohl seine als auch meine beliehen. Aber da war ja noch unser Festgeld, das nun dummerweise so fest lag, dass ich darauf keinen Zugriff mehr hatte, da Klaus auch diese Kohle verjubelt hatte.

Nach der Beerdigung saß ich noch lange auf dem Rolf-Benz-Sofa unserer 120 qm großen Wohnung und fragte mich, warum keiner aus Klaus' Verwandtschaft zur Beerdigung erschienen war. Kurze Zeit später erhielt ich Klarheit. Die Presse berichtete von einem Familiendrama. Seine Schwester Martina hatte sich erschossen und seine Eltern hatten sich vergiftet.

Da auch meine Abfindung gepfändet wurde, begab ich mich Ende 2000 doch noch zum Arbeitsamt. Nachdem ich zig Anträge ausgefüllt hatte, erhielt ich nach sieben Wochen meinen ersten Bescheid über den Bezug von AlG gemäß § 1 des Arbeitsförderungsgesetzes.

Immerhin 1 400 DM. Leider betrug unsere Miete schon 1 100 DM und schon zog ich um, um nicht umzukommen. 45 qm, zwei Zimmer plus Pantryküche und Toilette auf der Zwischenetage für sage und schreibe 550 DM im Monat, inklusive Nebenkosten.

Mein Sachbearbeiter vom Arbeitsamt lud mich ein. Nicht zum Kaffeetrinken, nein, zum Beratungsgespräch. Ein gewisser Ludwig Volpertinger erwartete mich um 10.00 Uhr in seinem Büro.

„Also Frau Stuben, jetzt setzen Sie sich doch erst einmal hin", sagte er und deutete auf einen alten Holzstuhl, der wohl noch aus den 60er Jahren stammte.

„Frau Stuben", fuhr Volpertinger fort, „Sie wissen, die Lage auf dem Arbeitsmarkt ist nicht rosig. Selbst mit Ihrer Qualifikation ist es fast aussichtslos und blah, blah, blah, blah …"

Keine drei Tage später erhielt ich eine Einladung zum Seminar: „Integration und Implementation unter Berücksichtigung der Qualifikation ehemaliger Skilehrer unter dem Aspekt psychosomatischer Schockgefahr".

Das sollte mich schocken? Niemals!

Ich begab mich also für vier Wochen in ein Institut in der Nähe der Bochumer Wasserstraße. „Haben Sie eigentlich einen Vogel?", fragte mich der Eingangspsychologe und kreuzte Kreuze auf einem Fragebogen an. „Haben Sie sonst irgendwelche Haustiere? Wie heißt der bekannteste Fluss im Ruhrgebiet? Sind Sie schwanger? Haben Sie AIDS?"

Das alles und noch viel mehr musste ich beantworten, obwohl ich nicht die Königin von Deutschland war.

Nach einem Monat bekam ich ein Zertifikat, das mir bestätigte, an diesem Seminar erfolgreich teilgenommen zu haben. Ich dachte, dass sich jetzt meine Aussichten, über das Arbeitsamt zu einem neuen Job zu kommen, schlagartig verbessert hätten, aber nichts geschah.

Vergeblich wartete ich zwei weitere Monate auf irgendwelche Arbeitsangebote. Na ja, vielleicht lag es ja daran, dass es keinen Neuen Markt mehr gab, jedenfalls nicht so richtig.

Zechen wurden geschlossen, Solarzellen in Gefängnissen installiert und der Herbst sang ein Lied. Jo Herbst. Warum auch immer? Jo Herbst, Judy Winter, Horst Steffen-Sommer und Frühlingszwiebeln, die die Küche mit lieblichem Geruch erfüllten, bevor Alfred-Biolek-Rezepte, nach denen ich kochte, den Gestank neutralisierten.

Ich schlief immer häufiger bis mittags. An einem regnerischen Tag schaltete ich zum ersten Male nach zwölf Jahren den Fernseherapparat, den sie mir nicht wegpfänden durften, an.

Alfred Biolek, dem ich den guten Geruch in meiner Küche zu verdanken hatte, lebte tatsächlich immer noch. Ich schaltete um.

Ein Mann fiel rücklings in eine große Sanddüne und erzählte etwas über eine ostfriesische Stadt und hielt sich dabei krampfartig an einer Bierflasche fest.

Der Wetterbericht kam auch nicht mehr aus Frankfurt, dafür aber die Übertragung der Lottozahlen. Sechs Kugeln plus eine Zusatzkugel. Es war wie früher. Fast! Denn es gab nun auch eine Superkugel.

Am nächsten Tag sollte der Sperrmüll in unserer Straße abgeholt werden. Da ich nicht einschlafen konnte, stand ich um 5.10 Uhr auf und schlenderte am Wohlstandsmüll, der akkurat an der Straßenkante abgestellt war, vorüber. Zerkratzte Schrankwände, bepisste Matratzen, ausgemusterte Tapeziertische, Röhrenfernsehgeräte und verbotener Müll, der nicht sperrig war. Teppichreste, Kühlaggregate und Federbetten. Als ich in die Hedwigstraße einbog, fiel es mir wie Schuppen aus den Haaren.

Vier VW-Busse aus den 80er Jahren standen links und rechts am Straßenrand. Sieben Personen, mit Handschuhen und Mundschutz, lieferten sich eine Schlacht um einen Bauhaus-Stil-Stuhl.

Ich kämpfte mich durch das Getümmel und stolperte über einen Trolley, den man üblicherweise für Wellnesswochenenden im Sauerland verwendet. Fast hätte ich mir den Fuß gebrochen, als ich vor den Koffer trat. Also musste in dem Trolley was drin sein.

Die Fledderer kämpften immer noch um den Stuhl und verletzten sich gegenseitig nicht unerheblich. So war es für mich ein Einfaches, den Trolley zum Rolley zu machen und mich zu entfernen. Ohne meinen Fund näher zu inspizieren, ging ich wieder ins Bett und schlief 28 Stunden, bevor ich am übernächsten Tag ausgeschlafen aufstand.

Zum Frühstück um 14.00 Uhr gab es LIDL-Aufbackbrötchen, Rewe-Leberpastete und Penny-Tomatensaft, um anschließend mit Plus-Schokocreme den Tag einzuläuten.

Nach dem ausgiebigen Frühstück legte ich mich wieder ins Bett, schaltete den Fernseher ein, langweilte mich, schaltete den Fernseher wieder aus, aß gegen Abend zu Mittag und beschloss die Nacht zum Tag zu machen.

Während die ersten Anzugträger aus den umliegenden Restaurants, Pizzerien und Imbissbuden nach Hause eilten, eilte ich in Richtung Innenstadt. Studenten, Schüler, Arbeitslose, Intellektuelle, Rosenverkäufer und die Frau mit der Aldi-Tragetasche, die Hosen verkaufte, waren unterwegs. Man kommt, man geht. Aber niemals geht man so ganz.

Es musste eine Ewigkeit her gewesen sein, dass ich das letzte Mal im Bermuda-Dreieck, im angesagten Bochumer Kneipenviertel, gewesen war. Der einzige Laden, an den ich mich erinnern konnte, lag direkt gegenüber einer Kinokette namens Union-Theater. Wie die Pinte hieß, fiel mir auf Anhieb nicht ein. Aber ich fand sie, nachdem ich bei Dönninghaus, wo es mit Abstand die beste Currywurst im Revier gibt, eine doppelte Currywurst gegessen hatte, wieder. Das Bermuda-Dreieck hieß früher „Obere Kortumstraße". Ich sah U-Bahnstationen, Cafés, Teestuben und Schokoladenläden, die zum Verweilen einluden.

Im Tucholsky traf ich Kurt, einen Philosophen aus dem vergangenen Jahrhundert. Er war zwar mittlerweile über 100 Jahre alt und versuchte, mir den konkretisierenden Imperativ zu Gunsten der Aktion Sorgenkind zu verkaufen. „Von jedem gekauften Los gehen 10 % an ein Kinderheim von H&M", schrie er förmlich und wurde von herbeieilenden Ordnungsamtsbeamten formlos gebeten, die Nachtruhe der Anwohner zu akzeptieren.

Ich zog weiter.

„Im Märzen der Bauer die Rösser einspannt, er hat seine Peitsche und Duschgel zur Hand", klang es mir entgegen.

Eine Comedy-Truppe stand im Mandragora auf der kleinen Bühne. Bekiffte Alt-68er klatschten sich vor Freude auf ihre eigenen Schenkel. So heftig, um nach zwei Stunden intensiven Schenkelklopfens und nach dem Verzehr von holländischen frittierten Kartoffeln und aus undefinierbaren Zutaten hergestellten Hackfleischröllchen nur noch eines zu wollen. Nämlich nach Hause gehen.

Ein Fettköpfchen, ungefähr 1,65 Meter groß, fiel mir vor die Füße. Mir war nach einem Scherz zu Mute: „Are you the man who sold the world?“, fragte ich ihn.

Auch ihm war nach Unfug und er antwortete: „Nein, ich bin vom Himmel gefallen. Mein Name ist übrigens Wie.“

„Wie?“, fragte ich.

„Ja, Bo Wie.“

Das half mir auch nicht so recht weiter. Also verschwand ich im Dunkel der Nacht und begab mich auf den Heimweg.

Unterwegs bot mir ein Jüngling mit strohblondem Haar an, mich bis zur Wohnungstür zu fahren. Man kennt ja diese Geschichten. Dann noch auf einen Kaffee mit in die Wohnung und ehe man sich versieht, liegt man mit einem One-Night-Ständer im Bett. Aber nichts dergleichen. Dieser freundliche, adrett gekleidete junge Mann setzte mich vor der Haustür ab, wünschte mir einen schönen Abend und rauschte mit seinem Golf III hinfort.

Ich ging die Treppen zu meiner Wohnung hinauf, steckte den Schlüssel ins Schloss, wollte die Tür öffnen und stolperte.

Über einen Körper, der in einem Schlafsack, der aus dem Aral-Prämienprogramm stammte, wie ich auf den ersten Blick erkannte, vermummt im Hausflur lag. Es lag ein Gerd auf dem Flur. Mein Bruder Gerd.

„Gerd, wach auf!“, rief ich und Gerd blinzelte, öffnete seine Augen und sagte: „Hallo Sylvia, jetzt könnte ich einen Cidre gebrauchen.“

Die ganze Restnacht unterhielten wir uns über alte Zeiten, über das Risiko, im Alter ins Heim zu müssen, und warum die Benzinpreise ins Unermessliche gestiegen waren.

Gegen 5.00 Uhr schliefen wir ein.

Am nächsten Tag, um 16.00 Uhr, standen wir wieder auf.

Gerd hatte noch 2 Euro und ging zum Metzger mit anhängender Bäckerei, um Brötchen und Mett zu holen.

„Dünn geschmiert schmeckt's besser", sagte mein Bruder und verschlang die selbst geschmierten Brötchen genussvoll.

Gerd hatte seine Ausbildung vor drei Jahren bei Schlammeier als Groß- und Vereinzelthandelskaufmann beendet und wurde durch den Zusammenbruch des Neuen Marktes, in den auch seine Firma investierte, arbeitslos. Ein Leidensgenosse.

Er erzählte mir, dass er seit geraumer Zeit als Straßenmusiker in Nordrhein-Westfalen und Rheinland-Pfalz unterwegs war und bei einigen hessischen und niedersächsischen Kommunen Anträge zur Ausübung straßenmusikalischer Darbietungen ohne politischen Hintergrund gestellt hätte.

Außerdem war er für den „Streets of London"-Award nominiert und gab sich selbst eine kleine Außenseiterchance. In Bayern war es etwas schwieriger, seinem Beruf nachzugehen, und vor allen Dingen auch kälter.

Im Saarland regierte immer noch die SPD und es ward Winter.

Kurz vor Weihnachten öffnete ich den Trolley, den ich seinerzeit auf dem Sperrmüll fand.

Bücher, Bücher, Bücher. Von Büchner, von Schiller, von Goethe, von Lessing, van Helsing, van Hauten und jede Menge Jahrbücher.

„Das Jahr im Bild – 1988" zog ich als Erstes aus dem Trolley. Prinz Charles und Lady Di besuchen Deutschland, Franz-Josef Strauß stirbt, Werder Bremen wird Deutscher Fußballmeister, ein gewisser Hurrikan Gilbert verwüstet Mittelamerika, ein Mann namens Helmut Kohl schüttelt einem Osteuropäer mit einem Tattoo auf dem Kopf die Hand. Steffi Graf wird Gräfin.

Nächstes Buch, nächstes Jahr: Helmut Kohl schüttelt weiterhin Hände, Osteuropa bleibt Osteuropa. Alles schon verdammt lang her.

Mein Motto für 2000 lautete jedenfalls „Fuck the Millennium".

Es wurden viele Jahr-Bücher geschrieben. Nur für meine Jahre 1988 bis 2000 gab es keine.

Was ist in den Jahren nicht alles passiert? Wir sind ein Volk, die Renten waren sicher und alles hat ein Ende, nur die Wurst hat zwei. Niemand hatte die Absicht, eine Mauer niederzureißen. Der Arbeitersamariterbund hatte durch Zeitungsaufruf dazu aufgefordert, die verstorbenen Weihnachtsbäume nicht aus den Fenstern zu werfen, da dadurch allein im letzten Jahr 14 Bundesbürger zum Teil lebensgefährlich verletzt wurden.

Wen interessierte das?

Das Jahr 2000. Für mich: ein Jahr – ein Wort: „SCHEISSE!!"

Am Morgen des 1. Januar 2001 sah ich ein Zehnpfennigstück auf dem Tisch liegen. Ich warf es rückwärts zum Fenster stehend auf die Straße und rief: „Hopfen und Malz, Gott hat nen Hals!"

Ein Blitz schlug direkt in mein Sofa ein. Gott sei Dank befand ich mich gerade in der Küche. Ich hatte also Glück gehabt und mir wurde schlagartig klar, dass es ein Leben während des Lebens gibt.

Ich wusste nicht warum, aber ich hatte plötzlich einen Heißhunger nach einer Schnitte mit Schinken. Ich liebte Schinken. Knochenschinken, Schwarzwälder Schinken, Serrano-Schinken, Parma-Schinken, Räucherschinken. Ich ging in die Küche und gab mich der Schinkenlust hin. Sofort ging es mir deutlich besser.

Das Jahr fing also zumindest gut an.

Am 2. Januar stand ich um 17.00 Uhr auf und frühstückte mit meiner Nachbarin Karin Butz. Leider hatten wir das Neujahrsskispringen auf RTL gestern verpasst. RTL hatte wie immer live übertragen. Aber noch war der Gesamtsieg nicht vergeben. Zum ersten Male, seitdem RTL entscheiden sollte, wer die Vierschanzentournee gewinnen darf, wurde es so richtig spannend. Event-TV. Wir sahen mit Gas gefüllte lila Kühe, die über Oberstdorf flogen, ins Rathaus stürzten wie ein Jäger aus Kurpfalz, der aus verständlichen Gründen nicht am Wettbewerb teilnehmen konnte, denn er brach sich Bein und Hals. Halli, hallo, ein Jäger aus Kurpfalz.

Am 3. Januar hatte ich einen Termin bei der Arbeitslosenagentur.

Ich sollte mal wieder an einem Beschaffungsprogramm teilnehmen.

Ein gewisser Herr Jäger, aus Kaiserslautern nach Bochum versetzt, begrüßte mich.

„Hallo Frau Stuben, nehmen Sie doch schon einmal Platz", sagte er, verschwand und kam mit einem Teller und drei gehälfteten Brötchen, also mit sechs halben Brötchen zurück.

„Nun essen Sie doch erst einmal", sprach er und rülpste in sich hinein, allhier auf dieser Heid, Herr Jäger aus der Pfalz.

Herr Jäger aus der Pfalz war also mein neuer Ansprechpartner.

Herr Jäger aus der Pfalz war meine neue Hoffnung, hoffentlich auch meine Rettung.

Aber Herr Jäger aus der Pfalz betreute auch noch Herrn Filzer, einen zugereisten Eisenbauer aus Vilshofen, Frau Yilmaz aus Hordel und einen Herrn Prinz aus Wanne-Eickel.

Herr Jäger hieß Kalle mit Vornamen. Aber das nur am Rande.

Immerhin besorgte er mir ein Praktikum, das ich am 1. April im Bochumer Schlachthof beginnen konnte. Herr Jäger hatte mich vorher noch einmal in sein Büro bestellt.

Die elektronische Kundendurchnummerierungsanzeige sprang auf die nächste Nummer um. Und nicht die 8950, sondern die 8998 leuchtete auf. Ich fragte mich, wo denn die versteckte Kamera war? 8998. Tatsächlich. Das war meine Besuchernummer.

Ich konnte, ohne Wartezeit zu beanspruchen, zu Herrn Jäger durchgehen.

„Frau Stuben“, sagte Jäger und blickte mich mit seinen himmelblauen Augen an, „Frau Stuben, ich möchte Sie heute Abend zum Essen einladen. Ich habe bereits einen Tisch reservieren lassen. Im Picasso, bei Pablo, gutes französisches Essen, auch wenn Ihnen das Spanisch vorkommt.“

Es war ein netter Abend und Herr Jäger gab mir ein paar gute Tipps, wie ich Nutzen aus dem Praktikum ziehen könnte.

Die anschließenden sechs Wochen Praktikum im Bochumer Schlachthof waren eine verdammt harte Zeit. Aber ich musste da durch.

Ich hatte mir zu viel von Herrn Jäger aus der Pfalz versprochen. Denn auch nach dem Praktikum hatte ich immer noch keine Aussichten auf einen Job. Es musste endlich was passieren.

2002 setzte Michael Schumacher seinen Trainingsferrari in der Nähe von Karlsruhe gegen eine Betonmauer. Sarah Connor flog direkt an sein Krankenbett, sang „Ich hatte einen Kameraden“, kassierte 200 Euro und verschwand wieder.

Sie flog mit einer Privatmaschine vom Flughafen Karlsruhe zurück nach München.

Ein Sprichwort sagt: „Der April, der April, der macht, was er will!“

Das sollte auch im Jahr 2002 wieder zutreffen.

Nachdem ich an vier weiteren Weiterqualifizierungsmaßnahmen zur Eingliederung ins Arbeitsleben teilgenommen hatte, kaufte ich mir die Financial Times Deutschland. Gedruckt auf umweltfreundlichem Recycling-Papier, gedruckt mit umweltschädlichen Sonderfarben. Ein großes schwarzes Kreuz war auf Seite 1 abgebildet. Ohne weiteren Kommentar. Der Neue Markt war endgültig tot.

Ich stand um 19.00 Uhr auf und frühstückte. Anschließend fuhr ich mit meinem Berechtigungsschein für die kostenlose Benutzung des ÖPNV für Bochum und Umgebung durch ganz Bochum und die Anrainerstädte.

Das Bergbaumuseum, das Planetarium, den Starlight-Express, die Zeche Zollverein in Essen, die Externsteine in Höxter und auch Onkel Toms Hütte in Hattingen. Orte, die ich sonst niemals besucht hätte, standen auf meinem Programm.

Unweigerlich musste ich an meinen ersten und gleichzeitig letzten Österreich-Urlaub denken. Ich war am Mondsee, die Sonne schien und es dämmerte. Ich konnte den See kaum sehen. Ein Zeppelin kreuzte meinen Blick. Ich blickte zurück. Im Zorn.

Am nächsten Tag fuhr ich in die Innenstadt, um ein Konzert von King Kurt und den 40 Räubern zu sehen. Leider fiel das Konzert kurzfristig aus, ich fiel hin, man half mir wieder hoch und am nächsten Tag ging ich ins Riff, am Rande des Bermudadreiecks.

Eine Pamela Anderson oder so ähnlich stand auf der Bühne und röhrte mit ihrer wahnsinnigen Rockröhre. Nachdem sie röhrte und röhrte, rührte mich das zu Tränen und ich bestellte erst einmal einen Jägermeister.

Von links und rechts stürmten fremde Menschen auf mich zu und fragten mich, wer der Erfinder des Placebos sei.

Ich schwieg, obwohl ich wusste, dass es Placebo Domingo war, ein dicker italienischer Opernsänger, der so gut sang, dass es die Fans auch glaubten.

Am 30. April bemerkte ich, dass es mir immer schwerer fiel, meinen Tagesablauf zu regeln.

Wann war ich eigentlich zum letzten Mal vor 13.00 Uhr aufgestanden?

Wann war ich eigentlich zum letzten Mal vor 5.00 Uhr früh nach Hause gekommen?

Wann würde mir meine Bank das Konto sperren?

Meinen Dispo hatte ich mal wieder voll ausgereizt und das Arbeitslosengeld wird leider später überwiesen, als die Miete abgebucht wird. Ich nahm mir fest vor, diese Zustände abzustellen.

Da saß ich nun allein an meinem Küchentisch, blickte durch den Raum und fing plötzlich an, bitterlich zu weinen.

Der Papierkorb quoll über und schien mich anzuflehen:

„Mach mich leer, bitte!" Leere herrschte jedoch nur in meinem Kopf. Ein Vakuum. Ähnlich wie die Verpackung, die den Kaffee von Adolf Darbooven ummantelte. Alles zusammengequetscht und Luft entzogen.

Ich bekam Migräne. Mein Kopf drohte zu platzen.

Ausgerechnet jetzt klingelte es. Hausmeister Krause stand mit seinem Dackel vor der Tür und bat um Einlass.

Vier Dackelaugen blickten in mein Gesicht. Ich warf dem Dackel ein Stück Edelsalami hin und bot Hausmeister Krause ein Schinkenbrot mit Käse an.

Es war mir klar, es ging um die Miete, mit der ich seit drei Monaten im Rückstand war.

Krause bat mich höflich, so schnell wie möglich die Rückstände zu begleichen.

Ich schüttete ihm einen alten Asbach Uralt ein, versicherte ihm, dass alles geregelt würde und wünschte ihm noch einen schönen Tag.

Nachdem Krause samt Dackel zum zweiten Frühstück in die dritte Etage ging, ging ich in mich.

Es musste sich wirklich dringend etwas tun. Hätte mir vor drei Jahren jemand gesagt, dass ich einmal in eine solche Schieflage geraten würde, ich hätte mich schiefgelacht.

Ich schaltete den Fernseher ein. Auf RTL II lief eine der üblichen Comedy-Shows und ich lachte schallend, obwohl mir eigentlich nicht nach Lachen zu Mute war.

An diesem Abend hatte ich keinen Bock mehr auf Party, blieb in der Wohnung und las in einem Buch, welches mir mein Vetter Konrad vor 15 Jahren geschenkt hatte. Es war ein Kriminalroman, der im Rotlichtviertel spielte. Der Gute trug einen schwarzen Hut, die Nutten hatten graue Haare und ein Pfarrer war der Mörder. Ich schlief ein.

Gegen 8.00 Uhr wachte ich am nächsten Morgen auf. Ich schaute ungläubig auf den Wecker, den ich nicht gestellt hatte. 8.00 Uhr?

„Hey, Sylvie, watt iss denn gezz kaputt", hörte ich mich im tiefsten Ruhrpottslang sagen.

8.00 Uhr und ich, Sylvia Stuben, geborene Flieg, war hellwach. Carpe diem und cave canem, dachte ich, ging vor die Tür, mied aber die andere Straßenseite, wo um diese Uhrzeit immer der Pitbull ausgeführt wurde, und lief joggend zum Kiosk um die Ecke.

Ich holte mir die WAZ, die Ruhr-Nachrichten, die Rheinische Post und die Bild-Zeitung.

„Ich habe kein Geld dabei, können Sie noch einmal anschreiben, Herr Schröder?", fragte ich.

„Ja nee, iss klar, Sylvie", sagte Schröder und drehte sich seine Lockenwickler aus den Haaren.

Auch beim Bäcker hatte ich Gott sei Dank noch Kredit, sodass einem ausgiebigen und guten Frühstück nichts mehr im Wege stand.

Nach dem Studium der Tageszeitungen wurde mir schlecht. Nicht nur wegen der Berichterstattung im Lokalteil. Nein! Die Aussichten auf dem Arbeitsmarkt waren nicht die besten und mein Arbeitslosengeld lief nur noch bis Ende Mai. Und jetzt war bereits März. Die Luft wurde dünner.

120 Bewerbungen, 120 Absagen, 120-facher Frust.

Ich war vor erst kurzer Zeit Filialleiterin in einem Kreditinstitut und jetzt, mit 39 Jahren, sollte ich zu alt sein für den Arbeitsmarkt?

„Wir möchten ausdrücklich darauf hinweisen, dass uns diese Entscheidung nicht leichtgefallen ist, aber wir haben die Stelle mit einem anderen Bewerber besetzt, der noch bessere Qualifikationen besitzt."

In einer weiteren Absage, die ich per E-Mail-Anhang als Word-Dokument erhielt, klickte ich aus Interesse auf den Menüpunkt Eigenschaften:

„Erstellt am: 12. Juni 2002, 46 Worte, 93 Buchstaben mit Leerzeichen, Autor: Seniorenabsage".

Ich schaute in den Spiegel. Unter meinem linken Augenlid war der Ansatz eines Krähenfußes zu erkennen, trotz Plazentubeks C. Die Zähne waren durch übermäßigen Nikotin- und Kaffeegenuss nicht gerade ultraweiß, aber akzeptabel.

Was konnte es also sonst sein?

Ich zog meinen Pullover aus, öffnete meinen BH und horchte, ob es krachte. Ich fasste an meine Brüste, hob sie leicht an und ließ sie los. Nichts passierte. Ich nahm einen Bleistift, versuchte ihn mir unter den Busen zu klemmen, aber das Schreibgerät fiel zu Boden. Das Einzige, was mir auffiel, war, dass meine rechte Brust etwas tiefer hing als die linke. Aber das kam daher, dass seit meiner Geburt das linke Bein zwei Zentimeter kürzer war als das rechte.

Ich holte einen Filzschreiber vom Schreibtisch und malte mir sichelförmig einen Halbkreis unter meinen Bauchnabel.
Meine Miene hellte sich auf. So grinste ich mir nun unten und oben im Spiegel entgegen.
Ich war bereit für den deutschen Arbeitsmarkt, auch nach 120 Absagen, auch mit 39 Jahren.
Ich kaufte mir nahezu alle regionalen und überregionalen Zeitungen. Aber selbst am Samstag waren immer weniger Stellenangebote in den Zeitungen zu finden.
Weitere 80 Absagen trudelten nach und nach ein.

Auch mein Arbeitsvermittler schien aufzugeben. „Frau Stuben, bitte verschonen Sie mich mit Ihren wöchentlichen Besuchen, ich kann nichts für Sie tun. Melden Sie sich einfach alle drei Monate. Wenn Sie mich anrufen, reicht das vollkommen aus."

Mir reichte es schon lange.
Ich verabredete mich abends mit Elke Laasphe, einer alten Schulfreundin, die ich zufällig im Internet wiederfand. Ich hatte bei Google „Bad Laasphe" eingegeben, um etwas über einen dort ansässigen Finanzdienstleister, bei dem ich mich beworben hatte, in Erfahrung zu bringen.
Ich hatte Elke seit Urzeiten nicht mehr gesehen.
Sie war ein Jahr älter als ich und hatte zwecks Karriere, wie ich, auf Kinder verzichtet. Sie lebte mit ihrem Mann in einem gepflegten Einfamilienhaus in der Nähe des Golfplatzes in Bochum-Stiepel, dem Viertel für „Gutbetuchte".
Ernst, ihr Mann, war Staubsaugervertreter bei einem kleinen, gut geführten Familienunternehmen in Wuppertal. Schon fünfmal war er Mitarbeiter des Monats.
Elke ging es lange Zeit recht gut. Aber so ein Einfamilienhaus muss auch abbezahlt werden.

Und Ernsts Umsätze gingen in letzter Zeit stark zurück. Elke hatte durch Zufall erfahren, dass in einem Lebensmittelladen in der Krockhausstraße, der seit Generationen im Familienbesitz war, vor einem Jahr jedoch von einer großen Handelskette geschluckt wurde, ein Job als Verkäuferin auf 300-Euro-Basis zu vergeben war. Und so arbeitete sie tagein und tagaus an der Kasse.

Wir schlenderten noch eine Weile durchs Bermuda-Dreieck, aßen bei Dönninghaus jeweils eine doppelte Currywurst und gingen anschließend ins Café Konkret.

Es war ein schöner Abend. Wir ließen alte Zeiten Revue passieren.

Ein Ankündigungsplakat neben dem Ausgang fiel mir ins Auge. „Der Letzte macht das Licht an!" – ein Kabarett-Abend mit der Dudeljöh Company, Bochums ältestem Kabarett, wurde dort angepriesen. Diese Truppe hatte ich zum letzten Mal Ende der 80er Jahre bei ihrer Abschiedsvorstellung gesehen. Und jetzt machen die tatsächlich wieder Kabarett? Ich schrieb mir den Termin gleich in meinen Aldi-Filofax. Auch Elke konnte sich noch gut an diese Chaoten erinnern.

Ein Wort wechselte das andere, die Bedienung wechselte mir 5 Euro, ich zog mir noch Zigaretten und Elke fuhr mich nach Hause.

Ich bedankte mich für den schönen Abend und küsste sie zum Abschied auf die Stirn.

„Wir bleiben in Kontakt", sagte Elke und fuhr davon.

Zwei weitere Wochen vergingen, in denen ich mich krampfhaft um einen neuen Job bemühte.

Selbst bei Zeitarbeitsfirmen wurde ich vorstellig.

Und für 3,50 Euro die Stunde hätte ich sogar als Zimmermädchen in einem Hotel in der Nähe des Bochumer Stadtparks anfangen können.

Ich bedankte mich und zeigte dem Filialleiter innerlich den gestreckten Mittelfinger.

„Hasta la vista, Baby!" Arnold Schwarzenegger war immer noch Gouverneur von Kalifornien, die Klitschko-Brüder gerieten wegen einiger Schläge in die Schlagzeilen, kassierten Millionensummen und ich ärgerte mich, das ich keine Ausbildung zur Boxerin absolviert hatte.

Immerhin gewann mein Lieblingsverein, der VfL Bochum, endlich mal wieder ein Auswärtsspiel. Ruhrpottherz, was willst du mehr.

Ich saß immer noch tief im Westen, wo die Sonne verstaubt. Apropos verstaubt.

Bei mir in der Wohnung wär's schön, schöner als man glaubt, wenn mal wieder geputzt würde.

Ich bekam schon wieder eine Krise.

Das, was ich glaubte abgestellt zu haben, trat wieder in mein Leben. Ich ließ mich hängen.

Mittags wurde für mich wieder morgens und den Abend machte ich wieder zum Tag.

Als ich eines Morgens gegen 7.00 Uhr aus der Kneipe am Großmarkt kam, wurde ich von einem Fahrradfahrer auf dem Zebrastreifen angefahren.

Der Biker kam mir bekannt vor, aber ich konnte ihn nicht so recht erkennen. Er war genauso schnell wieder verschwunden, wie er mich angefahren hatte.

Ich beschloss, Anzeige zu erstatten und ging zum Polizeipräsidium an der Uhlandstraße.

Im Revier hatte ein gewisser Harry Dienst und füllte gerade einen Toto-Schein aus.

Er leitete ein Verfahren gegen einen Herrn Unbekannt ein, welches drei Tage später direkt wieder eingestellt wurde.

Und ich stellte mich auf einen harten Winter ein.

Bereits am 4. Dezember fiel der erste Schnee. 20 Zentimeter der weißen Pracht lagen einfach so auf den Straßen und eine 39-jährige Frau, 1,72 Meter groß, lag einfach so, um 13.00 Uhr, immer noch im Bett.

Ich war mir beider Lagen, nämlich meiner und der des Schnees, bewusst und musste aufstehen, weil ich die Schneekarte hatte.

Also stand ich schnellstens auf, um den Schnee wegzukehren.

Zwei Tage vor Heiligabend klingelte es an der Wohnungstür.

Drei Kinder, verkleidet wie zu Karneval, standen vor meiner Wohnung und sangen „Stille Nacht“.

So laut, so falsch, dass sie gute Chancen hatten, als Boygroup die Girls in Verzückung zu bringen. Die Jungs kamen im Auftrag des Herrn, des Herrn Pastors, der fürchtete, dass die Stadt Bochum aus seiner maroden Kirche eine Pommesbude machen könnte, und ließ daher alle Messdiener der Gemeinde Gelder einsammeln.

Ich ließ die Combo zu Ende trällern, sagte, „Ihr Kinderlein, gehet“, gab jedem ein 2-Euro-Stück und verlangte natürlich eine Spendenquittung, die mir einer der Minderjährigen prompt ausstellte.

Ich wollte noch einmal auf den Weihnachtsmarkt, obwohl mir gar nicht weihnachtlich zu Mute war.

Ich spazierte wahllos an den wahllos nebeneinandergereihten, geschmacklosen Buden vorbei.

Plötzlich sah ich einen frierenden Mann, der wollte so gerne gewärmt werden. Ich nahm ihn mit zu mir nach Haus und zog ihm die nassen Sachen vom Leib.

Irgendwie kam mir dieser etwas heruntergekommene Typ bekannt vor.

„Sag mal, kennen wir uns nicht?“, fragte ich.
„Ja, jetzt erkenne ich dich“, sagte er, „mein Name ist Schreiber, Roman Schreiber.“
Jetzt wusste ich, wo ich diesen Mann schon einmal gesehen hatte.
Es war der lustige Schriftsteller, den ich vor Jahren beim Sparkassenjubiläum getroffen hatte.

Roman zitterte. Ich goss ihm einen Glühwein ein.
Ich legte den Soundtrack von „Der Dritte Mann“ in den CD-Player und wir zitterten gemeinsam.
Da es kurz vor Weihnachten war, bekam ich einen romantischen Anfall.
Ich ließ Wasser in die Badewanne laufen, fügte ein synthetisches Badeöl aus dem Bioladen hinzu, zündete vier Kerzen an, entledigte mich meiner Kleidung und stieg in die Wanne.
Ich wurde übermütig.
Mir war einfach nach einem Mann zu Mute.
„Roman!“, rief ich, „kommst du bitte einmal ins Bad. Und bring noch sechs Duftkerzen mit, zieh dich aus, mach das Radio an und komm zu mir.“
Ich sehnte mich nach Zweisamkeit und obwohl ich diesen Mann kaum kannte, kam er mir direkt vertraut vor. Ich streckte meinen ganzen Körper aus, spielte mit meinem großen linken Zeh, der seit meiner Geburt drei Zentimeter größer war als der rechte, mit dem Schaum, rutschte mit meinem Hintern nach vorn und blieb für zwei Minuten mit dem Kopf unter Wasser liegen. Als ich Luft holen musste, blieb mir fast die Luft weg. Ich wischte mir den Schaum aus den Augen und staunte.
Welch ein Mann, der in seiner ganzen Pracht nackend vor mir stand.
Die gekräuselten Haare auf dem Kopf, die Barthaarstoppeln, die glatten Haare auf seiner Brust und der zarte Flaum an seinem

Sack. Die Oberarme, die nahtlos in die Unterarme übergingen, seine Achselhaare, die eine andere Farbe als die Kopfhaare hatten, stark behaarte Beine, die bis zu den Enkeln reichten und jeweils drei Haare auf den großen Zehen. Nun gut, da waren auch noch Haare in der Nase, in den Ohren und selbst am Hintern war ein einsames Haar sichtbar.

Roman stieg zu mir in die Wanne. Wie zufällig streifte seine linke Hand meine rechte Brust.

Plötzlich rutschte er aus, verlor den Halt und zog sich eine schöne Beule zu.

Wir saßen uns eine ganze Weile schweigend gegenüber. Doch irgendwie zündete es auch nonverbal. Roman nahm das Stück Speickseife, beugte sich über mich und seifte mir den Rücken ein. Plötzlich flutschte ihm die Seife aus der Hand und sank schneller auf den Grund der Wanne als seinerzeit die Titanic auf den Grund des Ozeans.

Er versuchte, die Seife zu greifen, ich versuchte es ebenfalls. Aber wir griffen beide daneben. Mit unseren vier Händen spielten wir nun das beliebte Spiel „Fang die Seife".

Fast wäre es mir geglückt, dieses glitschige Etwas zu erwischen, aber schon rutschte mir dieses dermatologisch getestete, ph-neutrale Stück wieder aus den Händen.

Stattdessen griff ich ins volle Leben des Roman Schreiber.

Während die Seife im Wasser immer weniger wurde, wurde das, was ich jetzt in der Hand hatte, immer größer. Mit beiden Händen umfasste ich Romans Schwengel, der immer weiter anschwoll.

Romans Augen funkelten und schon spürte ich seine großen Hände, die sanft meinen Hintern anhoben, damit ich ihn glücklich ins Glück führen konnte. Wir liebten uns in der Wanne. Leidenschaftlich gaben wir uns unserer Fleischeslust hin.

Das Wasser lief ab und da lag auch plötzlich die Seife. Als wenn nichts gewesen wäre.

Wir trockneten uns gegenseitig ab und legten uns auf meinen rosa Ottomanen, den mir Elke erst letzte Woche für 125 Euro verkauft hatte.

Es wurde eine wunderschöne Nacht.

Als wir aufwachten, hörten wir seltsame Geräusche aus der Nachbarwohnung.

Eine Kreissäge kreischte.

Na klar! Überall in Deutschland kreischten heute die Kreissägen. Es ging den Weihnachtsbäumen an den Kragen. Schließlich war heute Heiligabend.

Das Fest der Liebe rückte näher. Liebe, das war es, was Roman und ich füreinander empfanden.

Es war eine schöne Bescherung.

Leider hatten wir es versäumt, uns für die Weihnachtsfeiertage noch mit den üblichen Zutaten, wie Truthähnen, Puten, Rotkohl, Knödel, Preiselbeeren, Crème fraîche, Sauerbraten, Kartoffeln, Mehl, Zucker, Erbsen, Bohnen, Linsen, Kardamom, Majonäse, Enten, Rotweincreme, rote Grütze, Königinnensuppe, Roastbeef, Aufschnitt, Schwarzwälderkirsch Torte und eine Messerspitze Salz, zu versorgen.

Aber alles kein Problem.

Ich wachte irgendwann auf, wollte Roman umarmen, ihn küssen, ihn spüren.

Leider spürte ich nichts, als ich neben mich griff.

Ich stutzte.

War ich so unattraktiv, dass Roman fluchtartig das Nachtlager verlassen hatte?

Hatte er mich gar bestohlen und verschwand auf leisen Sohlen?

Ich wurde Gott sei Dank eines Besseren belehrt.

Roman stand plötzlich wieder direkt vor meinem Bett. Verhüllt in Geschenkpapier.

Vom Kopf bis runter zum großen Zeh, sowohl dem linken als auch dem rechten.

Eine große rote Schleife, bestehend aus einem Fanschal von Rot-Weiß Essen, hielt alles zusammen. „Frohe Weihnachten, Sylvia", sagte er und ich begann, mein Paket aufzumachen.

Tatsächlich, er trug einen Hauch von Fastnichts unter der Verpackung.

Nur einen Slip des Kaffeerösters Tchibo, der als Weihnachtsedition einen Boxer-Short auf den Markt geworfen hatte. Ein Herrendessous mit aufgebügelter Weihnachtsfrau und zwei kleinen Metallglöckchen in der Nähe der echten Glocken.

Nachdem ich Roman vollständig von dem Geschenkpapier befreit hatte, stand er mit seinen vier Glocken vor mir.

„Los", sagte er, „du musst dein Weihnachtsgeschenk schon ganz auspacken!"

Ich zog ihm den Boxer herunter und alle Glocken begannen zu läuten.

Überhaupt, im ganzen Land läuteten die Glocken. Ich war rundum glöcklich.

Ich genoss mein Geschenk den ganzen Tag.

Als wir am Abend zufrieden und erschöpft einschliefen, lief der Fernseher weiter, da wir die Sleep-Funktion nicht aktiviert hatten.

Gegen 20.00 Uhr wurde ich noch einmal wach.

In der Glotze lief zum 38. Mal „Sissy – die Kaiserin vom Wolfgangssee". Ich zog den Stecker aus der Steckdose, ging noch einmal zum Klo und legte mich anschließend neben Roman ins Bett und schlief wieder ein.

Am 2. Weihnachtstag regnete es in Strömen.

Wir frühstückten im Bett, schauten uns im Ersten „Sissy – die Königin vom Wörthersee" an und verbrachten den Rest des Tages damit, Wäsche zu waschen.

Mir war nicht ganz wohl dabei. Denn schließlich gab es eine alte Bauernregel, die besagte, dass jemand aus dem nahen Umfeld stirbt, wenn man zwischen Weihnachten und Neujahr Wäsche wäscht. Trotzdem lief die Waschmaschine auf Hochtouren.

Gegen Mittag wollte ich die Wäsche auf den Trockenboden bringen, da kamen mir aus der dritten Etage zwei Männer, die einen Sarg trugen, entgegen und grüßten höflich:

„Mahlzeit und weiterhin ein frohes Fest."

Mir war plötzlich gar nicht mehr nach Weihnachten zu Mute. Ich fühlte mich einfach schlecht. Sollte an dieser alten Bauernweisheit doch etwas Wahres dran sein? Oma Kabulske, 92 Jahre alt, seit 15 Jahren an Krebs erkrankt, starb einfach. Am 2. Weihnachtstag. Und nur, weil ich Wäsche gewaschen hatte? Was wäre, wenn ich in unserem Haus nun ein Massensterben eingeleitet hätte?

„Was ist denn los, Sylvie?", fragte mich Roman, nachdem ich wieder in die Wohnung kam.

Ich erzählte ihm die Geschichte und auch er fand die Begebenheit recht merkwürdig.

Wir zündeten die übrig gebliebenen Kerzen an, legten eine Cat-Stevens-CD in den Player und tranken Rotwein aus dem Tetrapack. Eine Stunde lang schauten wir uns gegenseitig schweigend in die Augen. Augenblicke können sehr schön sein. Können Augen aphroditisch wirken? Wahrscheinlich nicht, denn Roman fragte, ob ich Austern im Haus hätte.

Ich sagte: „Nein", und wir legten uns ins Bett.

„Roman", sagte ich, „was passiert jetzt eigentlich mit uns? Werden wir uns wieder sehen? Was machst du morgen? Kannst du mir 300 Euro leihen? Außerdem muss ich in der nächsten Woche zur Arbeitsagentur, um mich mal wieder blicken zu lassen."

Roman erwiderte: „Um 8.00 Uhr geht mein ICE nach Frankfurt/Main, um 13.00 Uhr geht mein Flieger nach Moskau, die 300 Euro lege ich dir auf den Küchentisch und einen schönen

Gruß an die Jungs und Mädels von der Arbeitslosenagentur. Mit mir werden in Zukunft noch ganz andere Menschen Arbeit bekommen."

Ich schaute ihn fragend an.

„Wenn nämlich das herauskommt, was ich seit Jahren versuche, herauszubekommen, werden auf der ganzen Welt Köpfe rollen. Mehr kann, mehr darf ich dir nicht sagen, Sylvia. Es muss unter uns bleiben. Bei der Recherche nach den Machenschaften einer gewissen PEC/NO, über die ich ein Buch schreibe, bin ich kurz davor, einen Skandal aufzudecken. Ich werde alles schonungslos niederschreiben. Solltest du nach zwei Jahren nichts von mir gehört haben, schalte bitte die Polizei ein. SOKO ‚WWB' in Bonn. Vielleicht noch so viel. Es geht um eine brisante Formel, die ich übermorgen bekommen soll. Und wenn ich mich nicht täusche, werde ich in den nächsten Wochen von Bagdad nach Istanbul reisen. Mehr kann ich dir beim besten Willen nicht verraten. Ich würde dich nur gefährden. Meine liebe Sylvia, sei tapfer, auch, wenn wir uns lange nicht mehr sehen werden, vielleicht nie mehr!"

Eine Träne rann über sein Gesicht und tropfte auf den frisch gereinigten Teppich.

Roman riss sich sein einziges Arschhaar heraus, verschweißte es mit dem Folienschweißgerät, nahm einen Permanent-Stift und schrieb mit zittrigen Fingern:

„Arschhaar – Roman Schreiber – 26.12.2002" auf den Plastikbeutel.

„Nimm dies als Symbol meiner ewigen Liebe zu dir!"

Jetzt konnte ich nicht mehr anders. Ein ganzer Gebirgsbach floss aus meinen Augen. Ich weinte bitterlich. Ehe ich Roman nach dem Wieso, dem Weshalb und dem Warum fragen konnte, war er auch schon verschwunden.

Das Silvesterfeuerwerk war auch nicht mehr das, was es früher einmal war.

Eine Rakete stieg gen Himmel und verglühte. Niemand konnte ahnen, dass es mal wieder ein misslungener Versuch der Amerikaner war, sich dem Mond auch nur annähernd zu nähern. Die bekannte Mondlandungslüge.

Außer mir hatte keiner Beweise, dass das mit dieser Mondlandung nur eine große Inszenierung war.

Mein ausgewanderter Großvater Werner hatte höchstpersönlich bei dieser Posse Regie geführt.

In Wirklichkeit fanden sämtliche Mondlandungen in versteckten Studios der Warner Bros. Inc. statt. Bei der Gelegenheit wurden auch auf großen Weizen- und Maisfeldern, die eigens dafür hinter den Studios angelegt worden waren, im Anschluss daran auch noch Szenen gedreht, wonach Außerirdische irgendwelche Zeichen in die Felder zauberten. Es waren aber in Wirklichkeit ein Traktor und ein Mähdrescher einer kurz vor dem Konkurs stehenden Firma, die landwirtschaftliche Fahrzeuge herstellte und dieses Spektakel inszenierte.

Wenn schon das alles unglaublich erschien, was am 1. Januar 2003 passieren würde, hätte ich niemals für möglich gehalten.

Gegen 14.15 Uhr schepperte es plötzlich. Ein Skispringer, Adam Malysz aus Polen, landete direkt in meinem Schlafzimmer.

„Verdammt Scheiße, entschuldigen Sie bitte, aber ich habe mich schlicht und einfach verflogen“, radebrechte der kleine Sportler mit dem Schnauzbart in gebrochenem Deutsch, kehrte die Scherben zusammen und verschwand genauso schnell, wie er gekommen war.

War er es wirklich gewesen?

Ich schaltete den Fernsehapparat ein.

Tatsächlich, Günther Jauch und ein Enkel von Ludwig Thoma, der offensichtlich Kopfschmerzen hatte, was man unschwer an der Aufschrift seiner Skimütze erkennen konnte, rätselten öffentlich bei den Privaten, wo denn Adam Malysz abgeblieben war.

Nachdem etliche Springer auf rätselhafte Weise entflogen waren, wurde der 2. Durchgang erst gar nicht mehr freigegeben.

Martin Schmidt flog derweil zwei Kilometer von mir entfernt in einen lilafarbenen Müllcontainer und Hatta Hauttamecki landete in der Kläranlage in Bochum-Dahlhausen an der Ruhr. RTL schaltete erstaunlich schnell. Der komplette Wettbewerb wurde annulliert und man zeigte alle alten Sissy-Filme. Bei Sissy musste ich unweigerlich an Roman denken. Was trieb er? Wo war er und was bin ich? Ich bin? Bin ich ich? Oder bin ich, wie ich bin? Ich dachte lieber nicht weiter darüber nach.

Am Abend war ich bei Frauke zum Essen eingeladen. Frauke hatte ich bei der letzten Erziehungsmaßnahme der Arbeitsanstalt kennen gelernt. Es war bei einem Computerkurs für Computerbesitzer ohne Betriebssystem Windows XP.

Ich fuhr pünktlich los und saß abends am festlich gedeckten Esstisch, der einer großen Festplatte glich.

Frauke, Hauke, ihr Mann, Fritz, ein Kunstmaler aus Hameln, der bevorzugt Rattenmotive pinselte, Katrin aus Wolfenbüttel, eine Webdesignerin, Heinz Otto Poschmann nebst Gattin und vier weitere mir namentlich nicht bekannte Personen waren anwesend. Nach dem Essen wurde noch etwas gequatscht, ich verabschiedete mich und fuhr zurück.

Müde war ich, ging zur Ruh und schloss beide Augen zu.

Nebenan, bei Schuhmanns, ging es in der Nacht wohl hoch her. Immer wieder hörte ich merkwürdige Geräusche, wie zerberstende Türen, aufgestämmte Schrankwände und auf den Boden fallende schwere Gegenstände. Ich dachte mir nichts weiter dabei, denn Schuhmanns zofften sich häufiger.

So wunderte ich mich, dass am nächsten Morgen die Kripo vor meiner Tür stand. In Schuhmanns Wohnung war eingebrochen worden. Ein mustergültiger Einbruch.

Von mir wurde eine Speichelprobe entnommen und man verhörte alle Mieter im Haus.

Nach diesem Einbruch folgte noch ein weiterer. Ein gewisser Winter brach erneut ein. Es schneite ohne Unterlass. Ein neuer Grund für mich, erst wieder gegen 14.00 Uhr aufzustehen.

Ich hatte mal wieder einen Termin bei der Agentur für Arbeitslose. Wie immer führte mein Weg auch am Supermarkt an der Brücke auf der Universitäts-Straße vorbei. Im Fenster waren die Angebote der Woche angeschlagen. Es gab Eisbein in Aspik für 1,99 Euro das Kilo, pfandfreie Energie-Drinks für 65 Cent und eine Stellenanzeige. In großen Lettern stand in schwarz auf leuchtend rotem Hintergrund:

„Fleisch- und Wurstwarenfachverkäuferin gesucht".

Mir fiel ein, dass ich nach meinem Praktikum im Bochumer Schlachthof ein Zertifikat bekommen hatte, das mir bestätigte, erfolgreich am Kurs „Fleisch- und Wurstwarenkunde" teilgenommen zu haben. Außerdem hatte ich in meiner Schulzeit statt Handarbeitskurse zu belegen, an Kochkursen teilgenommen. Seit zirka 20 Jahren ließ ich mich jedoch lieber von den Chemikern der Fastfood-Industrie füttern. Na ja, dachte ich, die Stelle wird wahrscheinlich schnell weg sein. Ich ertappte mich dabei, einen Gedanken daran verschwendet zu haben, mich auf diesen Job zu bewerben.

In der Arbeitssuchenden-Agentur lief es eigentlich wie immer: „Guten Tag, ... nein, leider nicht, ... Sie wissen ja, ... in einem Vierteljahr, ... Sie können, ... bis dann, ... falls, ... es tut mir leid, ... Auf Wiedersehen."

Auf dem Rückweg ging ich wieder am Supermarkt vorbei.

Das Stellenangebot hing immer noch im Fenster.

Ich beschloss, mir den Laden mal etwas genauer anzusehen. Da ich sowieso noch Jogurt brauchte, betrat ich den Frischetempel. Unüblicherweise war dieser Supermarkt linksdrehend angelegt.

Das heißt: links rein, Kasse rechts, rechts wieder raus. Die teuren Artikel standen unten, die billigen in Augenhöhe.

„Very tricky", dachte ich mir. Wie ich später erfuhr, war Marktleiter Rubenbaum ein cleveres Kerlchen. Er besuchte abends regelmäßig Fortbildungsseminare des Marketing-Clubs in Essen.

Der Supermarkt hatte auch einen eigenen, kostenfreien Lieferservice für Senioren im Angebot und war technisch gesehen auf dem neuesten Stand. Dufterzeuger an der Obsttheke, Pflanzenleuchten über dem Gemüse und natürlich Supermarkt-Radio.

Als ich vor den Molkerei-Produkten stand, klang es aus dem Lautsprecher:

„Frische Schulternackenbratenkoteletts, das Kilo für nur 99 Cent."

Anschließend lief der Hit des Jahres. Las Ketchup mit dem Ketchup-Song. Natürlich fiel mir prompt ein, dass ich auch noch Ketchup brauchte, hörte mir im Unterbewusstsein weitere Hits, die irgendetwas mit Lebensmitteln zu tun hatten, an, kaufte darauf hin zig Artikel, die ich gar nicht benötigte, und ging nach Hause.

Dort angekommen runzelte ich meine Stirn. Fleisch- und Wurstfachverkäuferin? Warum eigentlich nicht. Ich war noch relativ jung, ich brauchte das Geld. Was lag also näher als …

„Stuben, Sylvia Stuben am Apparat, können Sie mich bitte mit Herrn Rubenbaum verbinden? Es geht um die Stellenausschreibung."

„Frau Stuben", klang es aus der Leitung, „ich bin zwar keine Ärztin, aber ich verbinde Sie trotzdem."

Am 6. Januar 2003 nahm mein Leben tatsächlich eine Wendung.

Rubenbaum, ein Mittfünfziger, bat mich in sein Mini-Büro, direkt neben dem noch kleineren Sozialraum für die männlichen Mitarbeiter.

„Frau Stuben, setzen Sie sich doch", sagte er und erhob sich von seinem kleinen Plastikstuhl. Er schritt an mir vorbei und umrundete mich zweimal. Er musterte mich und bat darum, dass ich ihm etwas über mein Leben erzählen sollte. Nachdem er nahezu alles, was für ihn relevant war, erfahren hatte, setzte er sich wieder hin und zog ein kleines schwarzes Notizbuch aus seinem blütenweißen Kittel.

„So, dann wollen wir doch mal sehen, was Sie so draufhaben. Wie viel Pfund sind 400 Kilo? Aus welchen Ländern stammen der Serrano- und der Parma-Schinken? Wie hoch ist der Fettanteil im Fleischkäse? Wer wird Meister der Zweiten Fußballbundesliga?"

Ich fing hinten an. „Der VfL Bochum, wer sonst?"

Ich hatte den Job. Am 15. Januar sollte ich anfangen, vorausgesetzt, dass mein Gesundheitszeugnis bis dahin eintreffen würde.

Wer jemals versucht hat, vom städtischen Gesundheitsamt ein amtsärztliches Gesundheitszeugnis zu bekommen, weiß, was auf mich zukam.

Montagmorgens, um 8.00 Uhr saß ich in einem arschkalten Flur in einem Gebäude aus den 50er Jahren, seitdem auch in städtischem Besitz, mittlerweile durch dubiose Cross-Border-Deals irgendwie doch nicht mehr so ganz.

Vor mir saßen drei Nutten, ein vermutlich AIDS-Infizierter und ein kleines Kind mit Pocken auf der Stirn. Eine dicke, schielende Frau im weißen Kittel trat aus einem der Räume und schaute mich, eine der Nutten oder das Kind an.

„Na los, kommen Sie endlich, ich habe nicht ewig Zeit!"

Das Kind, die drei Nutten und ich standen auf, konnten uns aber direkt wieder hinsetzen, weil sie den AIDS-Kranken meinte.

Um 11.00 Uhr saß ich immer noch in diesem Eiskeller. Die Nutten hatten allesamt ihre Lizenz zum Lieben verlängert bekommen, der Infizierte wurde auch verarztet und das Pockenkind wurde sofort mit Blaulicht zur Isolierstation der Universitätsklinik transportiert.

„So Frau Stuben, dann kommen Sie mal herein", tönte die Stimme des Amtsarztes, der mich stark an Klaus Kinski erinnerte. Er hatte wülstige Lippen und trug falsche Opal-Ohrringe.

„Dann strecken Sie doch bitte einmal Ihre Zunge heraus."

Er nahm einen Holzspatel, zertrümmerte fast mein Zäpfchen und sagte:

„Bitte einmal schlucken!"

Ich schluckte.

„So, und jetzt machen Sie sich bitte frei."

Ich zog mich aus, er schob mir seinen, durch Gummihandschuh antiseptisch geschützten, Zeigefinger in den Po, ließ mich husten und gab mir anschließend eine Urinflasche in die Hand, die ich im Beisein der schielenden, dicken Frau füllen sollte.

Um kurz nach 12.00 Uhr war ich fertig. Fix und fertig. Einfach unwürdig.

Ich bekam noch einen Umschlag mit drei Teststreifen zwecks Kotanalyse mit auf den Weg, die ich in den nächsten Tagen mit meinem ausgeschiedenen Darminhalt bestreichen sollte.

Ich zog also an den nächsten drei Tagen die Chemiepapierstreifen durch meinen Stuhl und schickte sie per Post ans Gesundheitsamt zurück. Natürlich als Warensendung deklariert und frankiert.

Kurze Zeit später erhielt ich das Gesundheitszeugnis per interner Stadtpost zugestellt.

Ich brachte Rubenbaum sämtliche Unterlagen samt Gesundheitszeugnis und somit stand meinem Arbeitsantritt am 15. Januar 2003 nichts mehr im Wege.

Um 9.30 Uhr begann für mich mein neues Leben.

Rubenbaum begrüßte mich herzlich, führte mich erst einmal durch den Laden und stellte mich den Mitarbeitern in den einzelnen Abteilungen vor.

In der Obst- und Gemüseabteilung arbeiteten Frau Kohl und Frau Apel, Frau Schmidt war für die Käseabteilung zuständig, Frau Holzer leitete den Getränkemarkt, Herr Kuzneczow bediente den eigenen Backshop mit Aufbackbrot, -brötchen und -torten. Frau Fischer stand in der Meeresfrüchteabteilung hinter der Theke und in der Fleisch- und Wurstwarenabteilung, meinem neuen Arbeitsplatz, waren seit Jahren Frau Fleischer und Frau Metzger sowie seit kurzer Zeit der Azubi Willi Wurst tätig. An den Kassen saßen Frau Teschner und Frau Sörensen, eine gewisse Frau Prodi füllte die Tiefkühlwaren auf und Herr Pack war für die Warenannahme zuständig.

„Na denn", sagte Herr Rubenbaum, „ich wünsche Ihnen einen angenehmen Start, Frau Stuben. Und wenn Sie Fragen haben, fragen Sie ruhig."

Er stellte mich auch noch dem Betriebsratsvorsitzenden Herrn Tunig vor. Dann begleitete er mich zur Fleisch- und Wurstwarenabteilung und wünschte mir viel Erfolg.

„Willkommen bei den Frauen, die nach Schinken stinken", sagte Frau Metzger.

Auch Frau Fleischer reichte mir ihre rechte Hand. Welch eine Pranke! So und nicht anders hatte ich mir immer Wurstfinger vorgestellt.

Apropos Wurst. Herr Wurst, Willi Wurst, der Auszubildende,

stand etwas schüchtern und verängstigt in der Ecke, schaute mich mit seinen himmelblauen Augen an und sagte:

„Auch meinerseits alles Gute, Frau Stuben. Sie können mich aber ruhig Willi nennen."

Das war der einzige Vorname, den ich mir merken musste. Im ungeschriebenen Verkäufer-Duden steht nämlich, dass sich im Lebensmittelhandel alle Kollegen Sieduzen.

„Frau Stuben, holst du mir mal die Sülze aus dem Kühlfach?"

„Na klar, Frau Metzger, kannst du haben!"

„Frau Fleischer, weißt du, wie spät es ist?"

„12.00 Uhr, Frau Stuben, kauf dir mal ne Uhr!"

In der ersten Woche, die ich im Supermarkt arbeitete, traf ich auch viele alte Bekannte wieder. Kassierer Hemmerle, Oma Emmi, die trotz Bürgen keinen Kredit für einen Hauskauf von unserer Bank bekam, viele Kleinanleger, die damals fast ihr gesamtes Vermögen in den Sand gesetzt hatten, und eines abends, ich hatte es befürchtet, erschien plötzlich Klammroth mitsamt seiner Eheschnepfe im Laden.

Er schob den Einkaufswagen vor sich her, schaute teilnahmslos in die Luft, während seine Schnepfe nach Schnäppchen schnappte.

Da stand er also mit dem halbgefüllten, mit No-Name-Produkten bestückten Einkaufswagen direkt vor meiner Theke. Ich ließ mir nichts anmerken, bemerkte aber ein Zucken seines Adamsapfels. Was ging in ihm vor? Er bewahrte Haltung, schluckte noch zweimal und sagte:

„Ich hätte gerne 100 Gramm Kochschinken."

„Gerne", sagte ich, „dürfen es auch zwei Gramm mehr sein?"

Er hatte keine Einwände.

Mir schien, als wolle er mich etwas fragen. Aber er hatte es sich anders überlegt und kaufte lediglich noch zwei Mettendchen, ein Pfund Schinkenmett und eine große Scheibe Leberkäse und schritt grußlos von dannen.

Seine Tussi stand bereits in der Schlange vor der Kasse und wartete auf ihn. Dieses arme Würstchen war einmal mein Vorgesetzter und diejenige, die ihm morgens das Frühstück vorsetzte, schien seine Vorgesetzte zu sein.

Am späten Nachmittag an einem warmen Mittwoch klopfte es an der Lieferantentür.

Herr Pack hatte schon Feierabend und ich ging zur Warenannahme, die direkt hinter unserem Kühlhaus lag, und öffnete die Stahltür. Ich staunte nicht schlecht. Vor der Tür stand ein etwas dickerer Mann mit dem Rücken zu mir gewandt, beugte sich in den Lieferwagen mit der Aufschrift:

„Mosek – wenn es um die Wurst geht!"

Der Mann in dem weißen Kittel drehte sich um, sah mich an und ließ vor Schreck den prall mit Wurstwaren gefüllten Korb auf den Boden fallen.

„Frau Stuben?", fragte er ungläubig.

„Ja, ich bin es leibhaftig, Herr Mosek, wie geht es Ihnen denn so?"

„Danke, Frau Stuben, mir geht es besser denn je. Wenn Sie mir damals nicht den Tipp zur Anlage in osteuropäische Fleisch- und Wurstwarentermingeschäfte gegeben hätten, wäre ich jetzt wahrscheinlich da, wo Sie jetzt sind. Ich möchte an dieser Stelle nochmals mein Bedauern ausdrücken, dass ich der Auslöser für Ihre Entlassung bei der Sparkasse war. Aber was um Himmels willen treibt Sie hierher?"

„Ich gehöre zu den Frauen, die nach Schinken stinken, wie man scherzhaft im Laden sagt", klärte ich ihn auf und lachte lauthals. „Und ich muss Ihnen sagen, Herr Mosek, es gefällt mir ausgesprochen gut hier."

„Ich habe leider wenig Zeit, Frau Stuben, aber mich würde schon interessieren, wie es Sie hierhin verschlagen hat. Haben Sie in dieser Woche noch etwas Zeit für mich? Ich würde Sie gerne zum Essen einladen. Wie wäre es am Freitag gegen 20.00 Uhr bei Capone?"

Ich brauchte nicht lange zu überlegen und sagte direkt zu. Meine Güte, ausgerechnet bei Capone, dem besten Chinesen weit und breit. Ausgezeichnet mit fünf Stäbchen im Chinesischen Schlemmeratlas Ruhrgebiet.

Gut gelaunt ging ich nach Feierabend zurück in meine bescheidene Wohnung.

Auf der Fußmatte vor meiner Wohnungstür hatte der Postbote ein Päckchen abgelegt. Die Briefmarken kamen mir fremd vor. Ich hob das Päckchen auf, sah, dass es in Indien aufgegeben worden war, und konnte es kaum fassen, als ich den verschmierten Absender auf dem Aufkleber las.

„Roman Schreiber, postlagernd, Hauptpostamt Neu Dehli."

Ein erstes Lebenszeichen von Roman.

Mein Herz begann schneller zu schlagen. Ich musste sofort meinen Blutdruck messen. 195 zu 142, also fast normal. Nur der Pulsschlag war mit 181 etwas erhöht.

Mit zittrigen Fingern versuchte ich, das Päckchen aufzureißen. Es gelang mir jedoch nicht. Ich war viel zu nervös.

Ich holte ein Schälmesser aus der Küchenschublade, schnitt mir zunächst in den Daumen und dann das Paket auf.

In dem Paket befand sich eine Konservendose, laut Etikett gefüllt mit Formvorderschinken, und ein handgeschriebener Brief von Roman.

Mein Herz schlug immer heftiger.

Auf zwei DIN-A4-Seiten schilderte mir Roman seine Odyssee, die ihn bereits bis Indien getrieben hatte.

„Allerliebste Sylvia, ich schreibe dir extra so langsam, weil ich weiß, dass du ohne deine Brille nicht so schnell lesen kannst. Aber wenn du jetzt deine Brille geholt hast, kann ich schneller schreiben. Wenn du diese Zeilen liest, bin ich entweder schon tot oder ich befinde mich in Bagdad. Du weißt, dass ich kurz vor meinem überstürzten Aufbruch am 26.12.2002 – ich hoffe, du hast mein Arschhaar noch – von einem großen Skandal berichtete, den ich aufdecken wollte. Jetzt kann ich dir Näheres dazu schreiben. Ich bin bei Recherchen zu meinem Buch ‚Die Lakritzfälscherbande – dunkle Machenschaften der PEC/NO' auf einen Mittelsmann in Tunesien gestoßen, der wie ich, und auch das kann ich dir jetzt schreiben, ein hohes Tier bei der Stasi in der ehemaligen DDR war. Er ermittelte für mich in Tunis und war Gelatineaufbereitungsganoven auf den Fersen. Er hatte herausgefunden, dass sämtliche geschlachteten Abfälle aus den Zeiten der BSE-Skandale in den letzten Jahren per holländischen Containerschiffen nach Tunesien geschafft wurden. Dort hatte eine Art Mafia in drei Sandgruben eine Wiederaufbereitungsanlage für Lebensmittel und Non-food-Produkte aller Art mit gigantischen Ausmaßen errichtet. Woche für Woche wurden aus den BSE-Abfällen neue Produkte produziert. Zunächst nur Gelatine, danach Dextrose und anschließend Milchpulver, Schweinefutter, Mohrenköpfe, Müsliriegel, Kakaobutter, Elektrolytgetränke und Tinte für Kugelschreiber. Hauptsächlich wird jedoch seit zwei Monaten Formvorderschinken mit dem Haltbarkeitsdatum 12/2015 hergestellt. Ich bin auf dubiose Weise an eine solche Dose, die ich dir als Anlage beigelegt habe, gelangt. Ich hatte Angst, hier in Tunis den Schinken untersuchen zu lassen. Daher meine eindringliche Bitte. Verstecke diese Dose gut! Ich habe in dieser Dose auch eine brisante Formel mit eingeschweißt, die auf keinen Fall in falsche Hände geraten darf. Gehe auch nicht zu einem unabhängigen Lebensmittelüberprüfungsinstitut, die PEC/NO könnte bereits ihre Leute eingeschleust haben. Suche lieber die Chemiefakultät an der Ruhruniversität zu Bochum auf und frage dort nach einem gewissen Prof. Juri Galenko. Wenn du ihn gefunden hast, bestell ihm einen schönen Gruß von mir und sage ihm, dass er die 25 Euro, die er mir geliehen hat, auf jeden Fall zurückbekommt. Mehr kann und darf ich dir jetzt noch nicht verraten. Vielleicht noch so viel: Die Temperatur beträgt 24 Grad Celsius bei einem leichten West-/Nordwest-Wind, wir haben 1024 Hektopascal und Windstärke 3 bis 4. Die weiteren Aussichten: Ab Dienstag wird es noch schwüler und nachts verbreitet Bodennebel. Liebe Sylvia, vielleicht werden wir uns tatsächlich niemals wieder sehen, aber das werden wir ja sehen oder auch nicht. Ich habe am Abend meines Verschwindens übrigens deinen rosafarbenen handbestickten Push-up-BH mitgenommen, der an jedem Tag, egal, ob ich unter einer Brücke schlafe oder in einer Suite in irgendeinem Nobelhotel übernachte, immer unter meinem Kopfkissen liegt. Er wird mich immer an dich erinnern. Ich weiß, es wird dir schwerfallen, mir treu zu bleiben, aber ich bitte dich: Glaube an mich, glaube an die Menschheit. Noch ist es nicht zu spät. Die Zeit ist reif für ein bisschen Zärtlichkeit. Irgendwann, irgendwie, irgendwo. Ewig dein! In Liebe, Roman!! PS: Noch hat K.S. nicht gewonnen!"

Der Brief fiel mir aus den Händen.

Ich begann, bitterlich zu weinen.

Mein Roman. Lebte er noch?

Warum ist es in Tunesien so warm?

Wer zum Teufel ist K.S.?

Wem war Roman da auf der Spur?

Befand er sich in Gefahr oder befand er sich schon wieder in einem anderen Land?

Der Fernseher lief. Bevor ich mich dem Programm widmete, wollte ich die Konservendose mit der Formel in Sicherheit bringen.

Ich ging in die Speisenkammer und wollte das höchst brisante Teil gut verstecken. Aber wohin damit? Einfach unter die anderen Konservendosen mischen? Oder in den Koffer, der ganz oben im Abstellfach lag? Das war mir alles zu heiß.

Ich steckte die Konservendose in die Tasche meiner Jogginghose und ging ins Schlafzimmer zum Erste-Hilfe-Kasten und legte die Dose unter die Mullbinden.

Am nächsten Tag wollte ich Willi bitten, die Büchse gut zu verstecken.

Auf Willi würde keiner kommen.

Ich glaubte, aus dem Kleiderschrank ein Geräusch zu hören, dachte mir aber weiter nichts dabei.

Am nächsten Wochenende wollte ich dann Kontakt mit Professor Galenko aufnehmen.

Ich legte mich aufs Bett. Im dritten Programm wurde eine Wiederholung von Karl Moiks Mutantenstadel gezeigt. Ich nickte unweigerlich ein. Ich schlief nicht gut. Immer wieder wälzte ich mich im Bett hin und her.

„Morgen, Frau Stuben, sag mal, war die Nacht so kurz? Du siehst ziemlich mitgenommen aus“, sagte Frau Metzger, als sie sich ihren weißen Kittel anzog.

Keiner sollte erfahren, was ich von Roman gehört hatte. Ich lächelte sie nur an, kniff ihr ein Auge zu und lächelte süffisant. Ich schaute noch einmal kurz in meinen kleinen Spiegel und bemerkte, dass mein Rouge zu stark aufgetragen war. So konnte ich unmöglich den Kunden gegenübertreten.

Schnell kehrte ich um, um mich im Sozialraum noch einmal frisch zu machen.

Nebenan, wo sich die Herren umzogen, hörte ich merkwürdige Geräusche. Da die Tür einen winzigen Spalt offen stand, konnte ich nicht anders, als einen Blick hinein zu wagen. Unfassbar. Unser Azubi, Willi Wurst, ich schätzte, er war gerade einmal 17

Jahre alt, stand vor dem Spiegel seines geöffneten Spindes. Mit heruntergelassener Hose, hoch erregtem Glied nahm er sexuelle Handlungen an sich vor. Ich erschrak, war aber vom Anblick seines standhaften Zinnsoldaten so beeindruckt, dass ich ihm bis zum finalen Schuss, der mit ungeheuerlicher Geschwindigkeit direkt auf dem Spiegel, der daraufhin zerbarst, landete, zuschaute. Welch eine Urgewalt.

„Unser kleiner Willi", dachte ich und ertappte mich dabei, dass mir der Gedanke, ihn zu entjungfern, nicht fern war. Also ging ich nach diesem Spektakel, ohne dass Willi mich bemerkt hätte, Kopf schüttelnd, aber bestens gelaunt an meinen Arbeitsplatz.

Die Konservendose mit dem explosiven Inhalt hatte ich von zu Hause mitgenommen und steckte sie in meine Kitteltasche. Ich wollte sie Willi später übergeben.

Bereits um kurz nach 10.00 Uhr war der Laden brechend voll.

Wir hatten den 1. August und es hatte Gehalt, Lohn und Rente gegeben. Ja, noch gab es Rente. Und darum hatten wir bereits um 12.00 Uhr kein Mett mehr.

Gegen 16.00 Uhr stimmte ich mich mit Frau Metzger und Frau Fleischer ab, um endlich Mittagspause machen zu können. Da ich wusste, dass auch Willi noch keine Pause gemacht hatte, sagte ich zu ihm:

„Hey, Willi, mir scheint, du bist auch hungrig, komm, lass uns Pause machen."

Irgendeine Eingebung sagte mir, dass gleich etwas passieren würde. Mit Willi und mit mir.

Ich verspürte eine ähnliche Erregung in mir aufkommen wie an dem Abend, als ich zum ersten Mal mit Roman schlief.

Bevor Willi und ich in den Sozialraum gingen, nahm ich mir noch gut und gerne 50 Zentimeter Schweinedarm und einen langen roten Bindfaden, mit dem man die Knoblauchfleischwurst abbindet und kennzeichnet, mit. Und steckte beides in meine Kitteltasche.

Willi nahm seine Butterbrotdose und folgte mir. Als wir im Pausenraum ankamen, mussten wir uns in den Pausenplan eintragen. Erfreut stellte ich fest, dass alle anderen Kollegen bereits pausiert hatten. Es konnte uns also rein theoretisch niemand überraschen.

Ich überraschte Willi zunächst damit, das ich die oberen drei Knöpfe meines Kittels öffnete. Dann ging ich näher auf ihn zu. Ich bemerkte, dass er leicht errötete, aber trotzdem einen Blick auf mein Dekolletee warf. Sah ich in seinen Augen Begierde aufblitzen?

„Oh Willi, mir wird ganz heiß", sagte ich, zog den Kittel aus, ergriff seine linke Hand und führte sie an meine Brust. Mit der anderen Hand umfasste ich seine strammen Pobacken und zog ihn näher an mich heran.

„Frau Stuben", sagte er, „was machen Sie mit mir? Mir wird ganz anders!"

Als ich seinen Kopf an meine Brust drückte, entfachte ich in ihm eine unsägliche Leidenschaft. Ich spürte seine größer werdende Männlichkeit und schürte durch zarte Berührung sein Verlangen noch mehr an.

Er, der bisher nur seine eigenen Hände als Frau kannte, er schien nur noch darauf zu warten, in mich einzudringen.

Ich knöpfte ihm seine Hose auf und hatte Mühe, seinen Big Willy freizulegen.

Aber nun stand er vor mir. Und wie! In seiner ganzen jugendlichen Kraft. Auch ich konnte es kaum noch erwarten, ging noch schnell zu meinem Kittel, nahm den Schweinedarm und rollte ihn über Willis Willy ab und band den Impropräser kurz über der Wurzel mit dem Knoblaucherkennungsbindfaden ab.

Schon kurze Zeit später spürte ich, wie sich Willi im Schweinedarm entlud.

Nun wurde mir auch klar, warum heute morgen der Spiegel zerbrach.

Nachdem wir uns wieder angezogen hatten, schaute mich Willi mit seinen großen blauen Augen an, strahlte und sagte:

„Das war das schönste Geschenk, das ich heute zu meinem 18. Geburtstag bekommen habe."

Hatte er 18 gesagt? Gott sei Dank! Ich konnte also keinen Ärger wegen Verführung eines Minderjährigen bekommen.

Als wenn nichts gewesen wäre, aßen wir anschließend unsere Pausenbrote. Ich schaute in Willis Augen. „Lieber Willi", sagte ich, „nun kannst du mir einen großen Gefallen tun."

Ich holte die Konservendose mit der Formel aus der Kitteltasche und stellte sie mitten auf den Tisch.

„Stelle mir bitte keine Fragen", sagte ich zu ihm, „nimm einfach diese Dose und verstecke sie in deiner Wohnung an einem sicheren Ort. Zu gegebener Zeit werde ich dir sagen, was es damit auf sich hat."

Willi schien sich zwar zu wundern, aber er erwiderte: „Meinetwegen", und verstaute die Büchse in seiner Tasche.

Wir gingen zurück an unsere Arbeitsplätze.

Es blieb bei diesem One-day-Stand zwischen Willi und mir. Wir hatten danach ein noch besseres, nahezu freundschaftliches Verhältnis miteinander.

Kurze Zeit später hatte Willi auch seine erste Freundin. Katja, eine kleine 20-jährige Praktikantin aus dem Praktiker-Baumarkt gegenüber. Willis Konzentration ließ immer mehr zu wünschen übrig. Er verwechselte Roastbeef mit Rinderbraten, Gehacktes mit Tartar und der Verbrauch an Schweinedärmen und Bindfäden nahm deutlich zu.

Die Arbeit im Supermarkt machte mir nach einem halben Jahr so richtig Spaß. Das Klima bei uns in der Fleisch- und Wurstwarenabteilung war bestens.

Willi freute sich schon auf den 15. Oktober. Dann sollte nämlich der Zirkus Baranowski, an dem sein Opa, Hans Wurst, seit seiner Jugend als Clown arbeitete, hier gastieren. Willi bekam natürlich Freikarten und er, meine Kolleginnen und ich sollten einen unterhaltsamen Abend haben.

Gut gelaunt traf ich zu Hause ein, füllte Wasser in die Wanne und wollte mir ein Butterbrot schmieren. Ich nahm die 100 % Halbfettmargarine aus dem Kühlschrank, schnitt mir eine, nein, zwei Schnitten Brot ab und packte anschließend alles wieder in den Schrank.

Denn fast hätte ich den Termin mit Mosek, bei Capone, dem Chinesen, vergessen.

Ich schaute auf die Uhr. 19.00 Uhr. Das konnte knapp werden. Ich putzte mir die Zähne, stieg in die Wanne, wusch mich, stieg aus der Wanne, gurgelte, rasierte meinen Damenbart und bestellte mir ein Taxi. Da ich am nächsten Tag frei hatte, beschloss ich, mir ordentlich einen hinter die Binde zu kippen, wie man so schön sagt.

Das Taxi war schnell da. Ich wollte bereits heruntergehen, ging jedoch noch einmal zurück und packte meine Always Ultra XXX in meine Handtasche. Sonst hätte das Trinken ja keinen Sinn ergeben.

Der Taxifahrer war sehr freundlich, aber leider nicht unbedingt ortskundig.

Nach 24 statt nach zwölf Kilometern erreichte er schließlich den Nobel-Chinesen. Eine bombastische Buddha-Statue, ungefähr 14 Meter hoch, aus Nylon, aufgeblasen mit Pressluft, war das Wahrzeichen des Capone. Capone, der Inhaber, war Sohn einer Sizilianerin und eines Pekinesen. Er begrüßte seine Gäste stets persönlich.

Der Taxifahrer hielt an, mir die Tür auf, legte sein Jackett in die Pfütze vor dem Lokal, kassierte 28 Euro, ich rundete auf 30 Euro auf und er fuhr mit seinem Taxi nach Paris.

Hon Li Capone stand bereits vor dem Eingang seines Etablissements.

Eine imposante Erscheinung. 1,58 Meter groß, schwarzer Smoking und rote Lackschuhe. In der Hand hielt er einen chinesischen Scherzkeks, überreichte ihn mir und sagte:

„Helzrich Wirrkommen. Hell Mosek sitzt reidel noch nicht an Tisch dlei."

Ich musste lachen. Diese Chinesen. Immel einen Schelz auf den Rippen. Ich bemelkte, dass ich auch schon anfing, Buchstaben zu wervelchsern.

Nach mir traf auch ein gewisser Herr Jandl bei Capone ein. Ich hörte, wie sich Jandl mit Capone unterhielt, verstand aber kein Wort.

Der Aushilfskellner, ein gepflegter Vietnamese, begleitete mich zu meinem Tisch.

„Hiel, Tisch dlei!", sagte er.

Ich bedankte mich und nahm Platz. Trotz des Umweges hatte ich es geschafft, vor Mosek einzutreffen. Ich bestellte vorab einen Uncle Bens Reiswein, knabberte an dem Scherzkeks und rollte den Zettel, der sich darin befand, auf.

„Einer gebratenen Gans haut man nicht aufs Maul!", stand da.

Na ja, es war halt ein Scherzkeks.

Ich hatte bereits drei Reisweine intus, da traf auch Mosek ein. Capone begleitete ihn bis zum Tisch und wünschte uns einen schönen Abend.

Es wurde vor allem ein langer Abend. Wir hatten uns viel zu erzählen.

Erst einmal studierten wir die Speisenkarte. 24 Seiten Enten in allen Variationen. Ich präferierte die Wildente al dente, Mosek entschied sich für die Zeitungsente, also für ein Hühnchen.

Wir ließen uns zunächst einen Vorspeisenteller nach Art des Hauses kommen.

Bombastisch! Eine Aushilfe aus Nord-Korea und ein Sommelier aus Bernkastel-Kues stellten einen Beistelltisch an unseren Tisch und der Koch, ein ehemaliger 3-Sterne-Koch aus Oberbayern, zauberte uns die Chinesische Mauer aus Auberginen auf gefüllten Reisfladen in Chili-Soße con carne in knapp einer halben Stunde aus dem Hut. Es mundete.

„Köstlich, einfach köstlich", sagte Mosek und bot mir eine Havanna an.

Wir gingen vor die Tür und rauchten, bliesen den Qualm in die Sommernacht und am Himmel schien das den Sternen schnuppe zu sein. Ich wünschte mir etwas und es klappte. Denn zwei Sekunden später saßen wir wieder an unserem Tisch.

Ein Filipino mit einem Plastikeimer in der Hand stand plötzlich vor uns und fragte:

„Wolle Lose kaufen?"

Mosek kaufte eins, ich zwei, wir zahlten zusammen drei Euro und warfen die Nieten auf den Boden. Das ist in chinesischen Speisegaststätten so üblich.

Süßsaurer Duft erreichte unsere Nasen und der pawlowsche Schluckeffekt stimulierte uns. Ich bemerkte, dass sich immer mehr Speichel in meiner Mundhöhle bildete. Mosek war ein ausgesprochen galanter Gastgeber. Er fragte mich nach meinem Befinden und bat mich, obwohl es ihn eigentlich gar nichts anging, zu erzählen, warum ich als Fleisch- und Wurstwarenfachverkäuferin in Rubenbaums Supermarkt gelandet war.

Ich wollte gerade anfangen, ihm die Story zu erzählen, da zerstörte ein Geräusch unsere Konversation.

Ein Gongschläger aus einem Schweizer Symphonieorchester schlug auf seinen Gong, der 2,50 Meter Durchmesser hatte. Mir zerschoss es das Ohrenschmalz in beiden Ohren.

Irgendwie musste ich an Willi denken.

Durch die Vibrationswellen, die der Gongschlag auslöste, schaukelten sämtliche Reispapierlampen im Restaurant und 18 Biergläser verwandelten sich in Altglas.

Eine Putzfrau aus Hückeswagen – unschwer am Dialekt zu erkennen – fegte im Nu alles auf.

Ehe ich fortfahren konnte, meine Geschichte zu erzählen, öffnete sich die Tür hinter unserem Tisch und 15 indische Elefanten mit viel zu großen Ohren schritten Rüssel an Schwanz hintereinander weg durch den Saal.

Eine Kapelle aus Ungarn erschien wie von Geisterhand. Hydraulisch, auf einer Bühne nach oben gehievt, schossen sie aus dem Erdboden der riesigen Location. Sie intonierten inbrünstig Johnny Cashs Welthit „St. Quentin". Warum, weiß ich bis heute noch nicht. Mosek und ich klatschten im Takt und der ganze Saal sang den Refrain lauthals mit.

Und dann wurde der Tisch für den Hauptgang vorbereitet.

Die französische Kaltmamsell wollte unsere Vorspeise, die Chinesische Mauer, abräumen. Bevor sie jedoch die Platte aus Blattgoldimitat an sich nehmen konnte, brach ich noch ein Stück Avocado aus dem Kunstwerk und stopfte es mir in den Mund, worauf die Chinesische Mauer in sich zusammenfiel.

Ich sagte: „Sorry Mademoiselle, ich hatte niemals die Absicht, eine Mauer zu zerstören."

Sie musste lachen und sagte: „Das macht doch nichts, das merkt doch keiner!"

Ich wollte Mosek nun endlich berichten, wie es so weit kommen konnte, dass aus der erfolgreichen Bankerin eine Wurstwarenfachverkäuferin geworden war, doch da kam auch schon der Hauptgang.

Herrlich garniert mit Petersilie, eingebettet auf drei Blatt grünem Salat, mit Bratkartoffeln und einer Riesenportion Sauce Polonaise, mit beigelegtem Rosenkohl aus Tirol, grünem Spargel und Rollmöpsen aus der Odermündung, dem Hauptfanggebiet für Rollmöpse. Die Ente war ein Gedicht:

Die Flügel waren nicht gestutzt,
der Pürzel gründlich abgeputzt.
Die Leber hatte man entnommen,
wie gerne hätt sie noch geschwommen.
Gar zärtlich war die Entenbrust,
sie zu verspeisen, welche Lust
ich hatte, als ich sie zerschnitt
und auch das Auge aß ich mit.
Anschließend musste laut ich rülpsen,
um die Serviette drauf zu stülpsen.

Und zwar auf die Essensreste.

Auch Mosek schien seine Zeitungsente zu munden, obwohl dieser Vogel nur halb so groß war wie meiner. Mosek biss genüsslich in den Schenkel seines Tieres. Es knackte. Mosek röchelte, Moseks Gesicht wurde rot. Er drohte zu ersticken. Mosek hatte einen Knochen im Hals stecken.

Das aufmerksame Personal bemerkte dieses Malheur sofort und zwei dänische Ein-Kronen-Jobber lösten das Problem, indem sie Mosek auf den Kopf stellten und tüchtig durchschüttelten und den Knochen dadurch lösten. Zehn Minuten später ging es Mosek schon wieder deutlich besser.

Bevor das Dessert aufgetischt wurde, ging für kurze Zeit das Licht aus.

Die Kapelle aus Ungarn tuschte und das Licht ging wieder an.

Der Nachtisch bestand aus Birne Helene, Apfel Boskop und Banane Onkel Tucca in Himbeersoße auf Kiwi-Mousee.

Genüsslich leckten wir uns die Finger ab, bestellten noch fünf Ouzo und bedankten uns beim Chef des Hauses.

„Frau Stuben, es war ein wunderschöner Abend, ich wäre zwar fast erstickt, aber was soll's", sagte Mosek und küsste galant meine Hand.

„Vielen Dank für den wunderschönen Abend, Herr Mosek", erwiderte ich und wir verabredeten uns für das nächste Wochenende, um auch einmal über die Vergangenheit zu reden.

Vor der Tür des Capone standen zwei Taxis, eins für mich, eins für Mosek. Um zirka 1.00 Uhr kam ich zu Hause an. Ich wollte mich noch kurz duschen, um anschließend die dritte Wiederholung von „In aller Freundschaft" zu sehen.

Das Wasser prasselte auf meinen Körper und ich genoss jeden Strahl, der aus meinem Massageduschkopf sprudelte.

Der Spiegel im Badezimmer war zwar etwas beschlagen, aber ich konnte die Konturen meines Körpers erahnen.

„Respekt Sylvia", dachte ich, „praktisch, nicht quadratisch, einfach gut. Sylvia, ich liebe mich."

Ich küsste mein Spiegelbild. Danach pfiff ich noch ein Lied von Ilse Werner und schaltete die Flimmerkiste ein. Meine Lieblingssendung lief bereits.

Ein Patient lag auf der Intensivstation. Er hatte beim Discounter eine Konservendose mit Fisch gekauft, den Inhalt der Dose verspeist und sich mit verdorbenem Fisch vergiftet.

Da fiel es mir plötzlich wieder ein! Roman, die Konservendose, der Formvorderschinken. „Scheiße! Professor Juri Galenko!"

Ich blätterte in meinem Notizbuch und tatsächlich. Übermorgen wollte ich mich mit dem Chemiker treffen.

Trotz des leckeren Essens beim Chinesen war mir noch nach einem kleinen Snack zu Mute. Ich ging in die Speisekammer, um mir noch einen Plastikbecher „Heiße Tasse" Tomatensuppe zu holen, die ich mir warm machen wollte. Ich erschrak, als ich sah, dass es in der Speisekammer zu einem Zwischenfall gekommen sein musste.

Marmeladengläser, Einwegflaschen, Paniermehl und Weizenmehl vom Typ 105 lagen am Boden. Mein erster Gedanke war, dass ich froh sein konnte, Willi die Konservendose gegeben zu haben.

Nicht auszudenken, wenn man sie hier gefunden hätte.

Ich fand aber einen Umschlag vor, der auf dem Boden lag, unterfrankiert und ohne Absenderangabe. Ich öffnete ihn und entfaltete Lang DIN auf DIN A4 und las:

„Warnung! Halten Sie sich da raus, sonst könnte es ungemütlich für Sie und Roman werden. Bei Rückfragen stehen wir Ihnen jederzeit zur Verfügung und verbleiben mit freundlichen Grüßen. Karin Schnöder, Unternehmensgruppe PEC/NO."

„Oha", dachte ich, „hier stimmt was nicht!"

Roman musste tatsächlich eine heiße Spur verfolgen. Ich machte mir große Sorgen.

Am nächsten Morgen wurde ich durch eine starke Detonation geweckt. Mein Briefkasten flog in die Luft. Das BKA flog ein und ein ungepflegter kleiner Mann im beigen Trenchcoat trat meine Wohnungstür ein und verhaftete mich. Man fuhr mich zur nächsten Polizeidienststelle. Nachdem man meine Personalien aufgenommen hatte, konnte ich wieder gehen.

Ich versuchte, die Privatnummer von Professor Galenko herauszubekommen. Es gab nur zwei Galenkos in ganz Bochum. Der erste, den ich anrief, war nicht zu Hause. Der Anrufbeantworter begrüßte mich: „Guten Tag, hier ist der Anschluss von Herbert Galenko, ich bin zurzeit nicht erreichbar. Sie haben aber die Möglichkeit, nach dem Piepton eine Nachricht zu hinterlassen, ich rufe sofort zurück."

Ich sprach aufs Band und hinterließ meine Telefonnummer.

Da dieser Galenko jedoch nicht sofort zurückrief, rief ich den nächsten Galenko an.

„Galenko“, meldete sich eine sonore Stimme.

„Hier ist Sylvia Stuben, Herr Professor Galenko?“, fragte ich.

„Reden Sie jetzt nicht weiter“, sagte Galenko, „wir treffen uns morgen Abend um 19.00 Uhr in der Pinte am Union-Theater. Ich habe wichtige Nachrichten von Roman, sagen Sie bitte nichts. Also, morgen Abend um 19.00 Uhr in der Pinte“, sprach er und legte auf.

Ich war mit ziemlich sicher, dass hier merkwürdige Dinge abliefen.

Da morgen Sonntag war und ich nicht früh aufstehen musste, las ich noch ein wenig in einem Buch von Hedwig Courths-Mahler. Mit anderen Worten, ich schlief sehr schnell ein.

Am nächsten Morgen joggte ich etwas im Bochumer Stadtpark, durchschwamm den Gondelteich, kletterte auf den Bismarckturm, lief wieder herunter, fuhr 42 Kilometer mit dem Fahrrad, spielte eine Runde Squash mit mir selbst und kochte mir mittags eine Erbsensuppe. Lecker! Anschließend blätterte ich weiter in dem Hedwig-Courths-Mahler-Roman und schlief ein.

Kurz vor 18.00 Uhr wurde ich wieder wach.

Ich ging zur Haltestelle, stieg in die Linie 308/318 und am Engelbertbrunnen wieder aus.

Bevor ich in die Pinte ging, aß ich mir bei Dönninghaus noch eine dreifache Currywurst, rülpste zweimal und betrat die Pinte.

Wo war Galenko?

Wer war Galenko?

Neben mir hing ein vollkommen betrunkener Mensch über dem Hocker, weiter nebenan wurde Türmchenknobeln gespielt und ein Rumäne mit drei Hüten in der Hand kam auf mich zu. Ich schickte ihn jedoch sofort wieder weg.

Kurze Zeit später betrat ein schwarzhaariger, groß gewachsener, schlanker Mann die Lokalität. Er schaute sich in der kleinen Kneipe um, ging schnurstracks auf mich zu und fragte mich:

„Hasse ma Feuer?"

Das konnte nicht Galenko sein.

Fünf Minuten darauf öffnete sich erneut die Tür. Ein blonder Zwerg, gerade einmal 1,35 Meter, stolzierte in meine Richtung, kramte einen Bochumer Stadtplan aus der Joppe und fragte mich, wie er am besten zum Ruhrstadion käme.

Das konnte er also auch nicht sein.

Während der nächsten Viertelstunde tauchten ein Akkordeonspieler, ein Einarmiger und ein Mann mit extrem fettigen Haaren auf und fragten mich merkwürdige Sachen.

Es war bereits nach 20.00 Uhr und ich wollte gerade gehen, da öffnete sich die Eingangstür.

Winkelförmig.

Ein Glatzkopf mit Vollbart und Sonnenbrille stolperte ins Haus und rief:

„Frau Stuben, wo sind Sie? Ich bin es. Galenko!"

Er stolperte und fiel mir direkt vor die Füße.

Ich half ihm wieder auf die Beine, bezahlte und wir gingen um die Ecke ins Café Sachs.

Um kurz nach 20.00 Uhr war dort noch nicht viel los. Es lief Techno-Musik.

Ein Gitarrenspieler aus der Mongolei betrat den Raum und spielte Waterloo von Abba, tanzte Kasatschok, trank einen Cappuccino und setzte sich zu uns an die Theke.

„Wieso spielst du Abba, alter Schwede?", fragte Galenko den Mongolen.

Dieser schaute den Professor lange an und sagte schließlich: „Weiß ich auch nicht so genau."

Galenko schaute den Musiker an. „Ich muss pinkeln, willst du mich nicht begleiten, begnadeter Tänzer?", sagte er.

„Moment einmal", dachte ich, „was geht denn hier ab?"

Nach einer Viertelstunde kam Galenko mit offenem Hosenstall zurück.

Der Mongole verschwand genauso schnell, wie er gekommen war.

„Frau Stuben", sagte Galenko, „lassen Sie uns an den Tisch hinten in der Ecke gehen."

Wir informierten den Kellner, er hielt es für gut und wir setzten uns an den Tisch hinten in der Ecke.

Die Flammen der Kerzen kämpften gegen den eindringenden Wind. Ein Elton-John-Hit klang aus dem Lautsprecher.

„Frau Stuben", sagte Galenko und schaute mich mit stechendem Blick an. „Wir sollten noch etwas zum Trinken bestellen."

Er schnippte mit den Fingern. Nichts passierte. Ich steckte beide Zeigefinger in den Mund und stieß einen schrillen Pfiff aus.

Kurze Zeit später brachte uns die Bedienung einen kalten Cappuccino und ein warmes Pils.

Galenko erzählte mir von seiner langjährigen Freundschaft zu Roman.

Ich erfuhr, dass Roman bis vor zwei Jahren Chemie studiert hatte und damals bereits im 28. Semester war und er gemeinsam mit dem Professor an einer Doktorarbeit schrieb. Es ging um irgendwelche Moleküle, die aus allem Möglichen Lebensmittel imitieren konnten. Kurz vor der Fertigstellung tauchten immer wieder Autos mit einem rheinischen Kennzeichen vor der Chemiefakultät auf. Es waren angeblich Kommilitonen aus Köln, die am gleichen Thema forschten. Eines Abends wurde im Labor eingebrochen und Proben, die Roman und der Professor im Gefrierschrank aufbewahrt hatten, wurden entwendet. Danach wurden die rheinischen Studenten nie wieder gesehen.

Galenko erzählte weiter, dass er nach diesem Vorfall Post und Anrufe einer gewissen PEC/NO bekam. Ich zuckte zusammen.

Die PEC/NO boten Roman und Galenko viel Geld, wenn sie für die Organisation arbeiten würden.

Das musste vor der Zeit gewesen sein, in der ich Roman kennen lernte.

Nachdem mir der Professor weitere Einzelheiten erzählte, erschrak ich.

Wenn wirklich jemand Falsches die Formel in die Hände bekäme. Nicht auszudenken!

Im Laufe des Gespräches erfuhr ich auch, dass der mongolische Gitarrist gar kein Mongole war. Es war ein gewisser Pjotr, ein polnischer Fensterputzer aus Gdansk. Er diente Roman und Galenko als Mittelsmann.

„Pjotr hat mir erzählt, dass es Roman gut geht. Er lässt Sie schön grüßen. Weiter soll ich Ihnen ausrichten, dass Sie vorsichtig sein sollen. Wenn es seine Zeit zulässt, wird er Ihnen in den nächsten Tagen eine E-Mail oder 17 gesplittete SMS, per SSL verschlüsselt, zukommen lassen."

Nach Galenkos Ausführungen war mir klar, dass sich Roman in großer Gefahr befand.

Ich wollte den Professor noch nach der Kontaktadresse des polnischen Fensterputzers fragen, aber da war es auch schon zu spät.

Mit lautem Getöse zersplitterte die große Fensterscheibe des Café Sachs. Drei Motorrad-Fahrer, vermummt von Kopf bis Fuß, rasten mit ihren Maschinen direkt vor unseren Tisch, kippten Gift in Galenkos Cappuccino und fuhren anschließend rückwärts, lautlos in die Nacht zurück.

Bevor ich Galenko davon abbringen konnte, einen Schluck aus seinem Becher zu trinken, hatte er schon daraus getrunken, griff sich an seine linke Brustseite, sagte zum Abschied leise „Servus“ und fiel tot vom Stuhl.

Was nun?

Bevor die Polizei hier auftauchte, zahlte ich mein Bier, reklamierte den Cappuccino, für den ich dann nicht zahlen musste, und verschwand schnellstens.

Nachts wachte ich dann schweißgebadet auf.

Ich hatte vergessen, die Heizung herunterzudrehen.

Ich setzte mich im Schneidersitz auf den Küchentisch und meditierte nach Jacobsen, einem schwedischen Entspannungsguru.

Tatsächlich, es funktionierte. Ich schlief im Sitzen ein, kippte um, fiel vom Tisch, wurde wieder wach und wiederholte die Übung im Bett.

Kurz bevor der Wecker klingelte, wachte ich erholt auf.

Beim Frühstück versuchte ich, die Erlebnisse vom gestrigen Abend zu verdrängen.

Es gelang mir auch erstaunlich gut. Ich machte mich frisch und ging zur Arbeit.

Business as usual. Ich zog meinen Kittel an und hörte nebenan in der Männerumkleide Glas auf den Boden fallen, dachte mir aber zunächst nichts dabei.

Wie ich später erfuhr, hatte Willi mit seiner Freundin Schluss gemacht.

Ich versuchte, mich voll auf meine Arbeit zu konzentrieren.

Eine Frau mit ihrem sechsjährigen Sohn namens Jean-Luc kam wie an jedem Montag um kurz vor 12.00 Uhr, um Sauerbraten zu kaufen. Sie zeigte auf ein eingelegtes Fleischstück und fragte wie immer:

„Kann ich den auch einfrieren?“

Ich sagte: „Na klar!“, und sie nahm zwei Kilo Sauerbraten und verstaute ihn in ihrem Einkaufswagen.

„Na, Jean-Luc, möchtest du denn ein Stück Fleischwurst?“, fragte ich das Kind.

Es nickte und ich gab dem Jungen das Stück Wurst und er war glücklich.

Auch die Mutter schien glücklich zu sein. Es geht nichts über zufriedene Kunden.

In der Mittagspause ging ich vor die Tür der Warenannahme, um eine Zigarette zu rauchen.

Herr Pack von der Warenannahme saß bereits auf einer Abfalltonne und zündete sich seinen zweiten Glimmstängel an.

„Na, Frau Stuben, jetzt sag doch mal ehrlich, isset nich schön heute?“

„Ja sicher“, antwortete ich und zog mir meine zehn Milligramm Teer in die Lunge.

Ich ging noch 20 Minuten auf dem Hof hin und her und spürte förmlich, dass ich mal wieder dringend Urlaub gebrauchen könnte. Zumindest ein langes Wochenende würde mir guttun. Einfach mal abschalten. Raus aus Bochum und irgendwohin, wo irgendwie sonst keiner hinkommt.

Da fiel mir ein, dass mir Elke beim letzten Treff eine Internet-Adresse genannt hatte, auf der man die schönsten Fleckchen dieser Welt, die sonst keiner kennt, finden würde. Es war eine französische URL, die ich nicht erwähnen möchte, da sonst Schluss mit Ruhe wäre.

Am Abend surfte ich durchs Netz und buchte über die besagte Website ein langes Wochenende.

Ich fuhr in eine kleine Pension in einem Pariser Vorort.

Ein gewisser Henri Miller bot Bed & Breakfast & Special Food für 26 Euro am Tag an.

Ich genoss das Wochenende. Ich verbrachte drei stille Tage in Clichy.

Clichy entsprach genau dem Klischee, das man von Clichy hatte. Es gibt zwei Clichys in Frankreich und zwei Klitschkos in Deutschland. Die einen haben aber mit den anderen nichts zu tun.

In Clichy gefiel es mir vom ersten Tag an sehr gut.

In dem Altbau von Henri war die obere Etage 1990 komplett renoviert worden. Drei Appartements vom Feinsten. Der Wellnessbereich befand sich im ausgebauten Dachboden.

Als ich zum ersten Male mein Zimmer betrat, lagen auf meinem Bett ein Mon Cherie, eine kleine Tüte Haribo-Goldbären und auf dem Tisch stand eine Flasche Brottrunk.

Alles war in leicht gelb-getönten, dezenten Farben gehalten. Überall standen frische Blumen und ein Duft von frischen Limonen erfüllte das Haus.

Mehr als das, was ich von einem Kurzurlaub erwartete. Der Bademantel, im Preis inkludiert, lag neben dem Mon Cherie auf einem lindgrün überzogenen Bett. Ich kam, sah und fühlte mich wohl. Ich zog meine Straßenschuhe aus, öffnete die Badezimmertür und war begeistert.

Ein traumhaft schöner Raum. Ein Whirlpool, eine Schwalldusche und ein Bidet. Ich füllte die Wanne mit chlorfreiem Felsquellwasser, goss einen Schuss Avocado-Knoblauch-Zusatz hinzu, entledigte mich meiner Bekleidung und stieg in die Badewanne.

Auf Knopfdruck whirlte der Pool. Sanft massierten mich die Strahlen aus den perfekt eingestellten Massagedüsen. Aus den Boxen über der Wanne klang sphärische Musik, Vogelgezwitscher und das Rauschen von Wasserfällen. Ping-Pong-Sound erfreute mein Gehör.

Ich blieb nahezu eine Stunde in meinem kleinen Pool, trocknete mich anschließend ab und cremte mich mit einer feuchten

Feuchtigkeitscreme gegen feuchte Haut ein. Nach nur zwei Stunden merkte ich, dass mein Körper dieser Art von Erholung positiv gegenüberstand.

Ein Plasma-Fernseher, voll HD-tauglich, so groß wie ein 82er Bildschirm, hing gegenüber dem Bett. Ich drückte auf die Knöpfe der Fernbedienung und zappte mich durchs französische Vorabendprogramm. Auf TV Monde liefen die Nachrichten, France Deux brachte eine Dokumentation über Weinbau im Languedoc-Roussillon, auf dem Dritten lief L'heure actuelle und auf den anderen Sendern, die privat betrieben wurden, zeigte man Werbung.

Während bei uns in Deutschland in den Werbeblöcken viele französische Spezialitäten wie Bonduelle, Babybel, Chaumes und anderer Käse angepriesen werden, liefen hier in Frankreich erstaunlich viele Werbespots, die deutsche Produkte ins rechte Licht setzten. Deutschländer Würstchen, Königsberger Klopse und Bier. Bier aus Warstein, Bier aus Krombach, Bier aus Jever, Bier aus Flensburg, Bier aus Radeberg, Bier aus Bitburg. Und das ausgerechnet in einem Land, in dem Wein zu den Grundnahrungsmitteln gehört.

Ich zappte hin, ich zappte her und landete schließlich bei der französischen Ausgabe von „Wer wird Millionär". Ich hätte selbst die 100-Euro-Frage nicht lösen können. Vielleicht lag es daran, dass ich außer Gastronomie- und Bonjour-, Au-revoir-Französisch der Sprache nicht gerade mächtig war.

Gott sei Dank war mein Gastgeber sehr sprachgewandt.

Henri Miller beherrschte neben seiner Muttersprache, wie er erwähnte, noch Deutsch, Englisch und Italienisch fließend und Holländisch, Norwegisch, Dänisch und Polnisch gut, Russisch und Serbisch befriedigend, Chinesisch ausreichend und konnte zumindest Japanisch lächeln. Miller war ein Vorzeigefranzose. Freundlich, unaufdringlich, hilfreich und gut.

„Mademoiselle Stuben, das 4-Gänge-Menü servieren wir um 19.30 Uhr im Louis XIV-Zimmer. Wir haben für Sie den schönsten Tisch reserviert“, sagte er.

Mir lief jetzt schon das Wasser im Munde zusammen. Und es war in der Tat eine Delikatesse vom Allerfeinsten. Um 23.00 Uhr war ich satt. Satt bis oben hin.

Monsieur Miller erzählte mir noch die Geschichte von der Frau, die auf dem benachbarten Bauernhof als Magd beschäftigt war.

Der Bauer selbst war unverheiratet und litt unter Ischias und Tinnitus, sodass er nicht hören konnte, wann die Hühner gackerten, noch über die Leiter in den Stall zu klettern, um die nestwarmen Eier zu entnehmen. So stand er jeden Morgen um 5.00 Uhr auf, um der Magd die Leiter festzuhalten. Es machte ihm anscheinend sehr viel Spaß. Immer, wenn die Magd auf der fünften Sprosse der Leiter stand, schaute er von unten hinterher. Und immer huschte ein Lächeln über sein Gesicht. Er konnte noch sehr gut sehen.

Ein unbekannter Maler hatte während des Urlaubs bei Henri diese Szene festgehalten und sie mit Öl auf eine Leinwand gepinselt. Stolz zeigte mir Henri Miller das Gemälde, das direkt im Eingangsbereich über der Rezeption hing.

Monsieur Miller war ein ausgezeichneter Gastgeber. Er servierte mir noch einen Espresso und wünschte mir eine gute Nacht. Ich schlief relativ schnell ein.

Kaum wurde ich wach, da hörte ich im Nachbarhaus die Hühner gackern. Gar nicht zu vergleichen mit meinem neuen Wecker zu Hause. Außerdem konnte man das Gegackere nicht per Knopfdruck abstellen. Ich stellte mir vor, dass der Bauer der Magd mal wieder unter den Rock schaute, und musste innerlich grinsen.

Nach einem ausgiebigen Aufenthalt im Badezimmer ging ich in den Frühstücksraum. In der Nacht waren noch weitere Gäste eingetroffen.

Mir gegenüber am Nachbartisch saßen ein grauhaariger Mittvierziger und eine kleine, füllige Blondine. Da ich nicht wusste, um welche Landsleute es sich handelte, grüßte ich international.

Ich sagte einfach: „Hi!", und betonte das „i" im „Hi" wie „ei", so, dass man „Hei" verstehen konnte.

Es kam gut rüber.

Sie grüßten zurück.

Es war wohl auch wie ein „Hi" gemeint, hörte sich aber an wie ein „Heu", aber wir wussten, was gemeint war.

Ich versuchte es auf Englisch und es klappte.

Das Ehepaar stammte aus der Nähe von Tromsø und sprach perfekt Norwegisch.

Aber natürlich auch Englisch.

Wir machten uns miteinander bekannt und beschlossen, nach dem Frühstück gemeinsam nach Paris zu fahren.

Henri Miller gab uns noch einen Stadtplan, ein Lunchpaket und einige Warnungen mit auf den Weg.

Wir sollten in den U-Bahn-Stationen immer in der Mitte der Gänge bleiben, blinden Gitarrespielern kein Geld geben und auf dem Avenue der Champs Élysées auf keinen Fall zu Fuß die Fahrbahn überqueren. Am Montmartre vorsichtig die Stufen hochgehen, unbedingt den Flohmarkt besuchen und Ansichtskarten nur in den mit „tabac" gekennzeichneten Läden kaufen, da es dort auch gleichzeitig Briefmarken zu erstehen gab. Möglichst Taxis meiden, den Flughafen Charles de Gaulle besichtigen, keine Pernodflaschen aus Bars mitgehen lassen und vor allen Dingen am Abend an der Seine Steine auflesen. Das sollte Glück bringen.

Wir bedankten uns für die ausführlichen Tipps und gingen zur Bushaltestelle.

Torben und Natascha, meine norwegischen Bekannten, sprachen auch etwas Französisch und so erreichten wir gegen 11.00 Uhr den Gare du Nord.

Paris, welch eine Stadt. Wir stiegen aus dem Bus, atmeten kurz durch und konstatierten unisono: „Tres bien, dieses Paris!"

Wir gingen zuerst ins 14. Arrondissement in ein Etablissement und tranken in dem Bistro einen Picard und aßen jeder eine Pizza con Klave.

Danach stand der Louvre auf dem Programm.

Wir gingen in die Metro und fuhren mit der U-Bahn bis zur Haltestelle Louvre, zahlten ein Schweinegeld für den Eintritt und betraten das altehrwürdige Museum.

Grandios! Gemälde, Statuen und Feuerlöscher in jedem Raum.

Dann kamen wir auch in den Saal, in dem die grinsende Frau in Schwarz hing. Bewacht, hinter Panzerglas lächelte sie den ganzen Tag.

Mir schien, dass das Bild schief hing, aber es war mir egal.

Torben und Natascha waren von der Atmosphäre, die hier herrschte, ebenso angetan wie ich. Picasso, Monet, Colani, Prince C. und viele andere große Meister waren hier ausgestellt. Wir verbrachten den halben Tag im Louvre, fuhren noch mit einem Elevator auf den Eiffelturm und schlenderten anschließend durch das Quartier Latin. An allen Ecken saßen blinde Musikanten, die Hüte vor ihren Gitarren, Akkordeon- und Geigenkästen stehen hatten und hofften, dass ihnen möglichst viele Touristen ein paar Euro zukommen lassen würden. Aber wir dachten an Henri Millers Warnung und ignorierten die Hüte. Nun ja, irgendwie würden die blinden Musiker schon zurechtkommen.

Am Arc de Triomphe speisten wir noch ein Baguette mit Leberwurst aus der Provence und tranken Café noir. 40 Euro für drei Personen waren ganz schön happig. Dafür hatte man aber einen schönen Blick auf das 5-Sterne-Hotel „Paris Hilton", direkt gegenüber. Man munkelte, dass der gesamte Hotelkomplex dringend restauriert werden müsse und eine amerikanische Fast-Food-Kette bereits Interesse an dem Renaissancebau zeigte.

Überhaupt, die ganze Architektur in Paris. Gar nicht zu vergleichen mit unseren deutschen Bauwerken. Jedenfalls nicht mit allen.

Das norwegische Pärchen wollte noch unbedingt den Flughafen besichtigen, ich wollte noch zum Sacre Cœur. Leider klappte beides nicht mehr, da wir noch den letzten Bus nach Clichy erreichen wollten. Aber aufgeschoben ist ja nicht aufgehoben.

Es wurde knapp, aber wir fuhren noch mit dem letzten Bus nach Clichy, tranken in Henris Kellerbar noch einen Calvados und wünschten uns: „Bon nuit!"

Müde ging ich ins Bett und meine Augen fielen zu. Ich schlief tief und fest.

Torben und Natascha saßen morgens schon am Frühstückstisch und hatten fast zu Ende gegessen. Ich gesellte mich zu ihnen, genoss noch einmal die krossen Croissants, den Camembert und die Salami, verabschiedete mich von meinen norwegischen Freunden, gab ihnen meine Visitenkarte, sie gaben mir die ihren, benutzte noch einmal das Bidet und machte mich nach 11.00 Uhr auf den Rückweg.

Kurz vor der Grenze hielt ich an der letzten französischen Tankstelle an, um noch einmal den Tank zu füllen. Schließlich lagen die Benzinpreise in Frankreich um rund zehn Cent pro Liter unter den Preisen, mit denen uns die deutschen Mineralölkonzerne abzockten. Ich ließ den Tank randvoll laufen und fuhr danach auf den Parkplatz hinter den Zapfsäulen.

Ich öffnete die Fahrertür und wollte mir noch etwas die Beine vertreten.

Ich entdeckte, dass neben der grauen Restmülltonne eine Katze angeleint war.

Weit und breit war niemand zu sehen, dem das Tier gehören konnte.

Irgendwelche skrupellosen Menschen hatten das Kätzlein wohl einfach ausgesetzt.

Das Tier sah mich mit seinen großen Augen an und jaulte herzzerreißend.

Ich konnte die arme Katze nicht einfach ihrem Schicksal überlassen.

Also band ich sie los und nahm sie mit zu mir nach Hause.

Dort angekommen schnurrte sie mich freundlich an und umgarnte meine Beine, nachdem ich sie ordentlich gefüttert hatte.

Wie sollte ich sie nennen? „Pussy, Muschi oder einfach nur Katze?“ Das war alles zu blöd und klang teilweise anzüglich.

Also taufte ich sie kurzerhand auf den Namen „Lassie“ und goss ihr den Inhalt einer 3-Liter-Magnumflasche Champagner über den kleinen Kopf.

Am Montagmorgen ging ich, erholt durch meinen Clichy-Trip, einigermaßen relaxed zum Supermarkt.

In der Männerumkleide wurde gerade ein neuer Spiegel angebracht und Metzgermeister Mosek lieferte, wie immer, pünktlich seine Waren an.

Draußen herrschte Schmuddelwetter und im Frischemarkt war nicht viel los. Eine ältere Frau, nicht gerade gepflegt aussehend, kam zur Wursttheke und fragte, ob wir auch Abfallwurst für ihren Hund hätten. Der Hund war sie wahrscheinlich selbst und ich packte auf die Wurstenden und die angetrockneten Schinkenreste noch vier Scheiben frische Mortadella und fünf Scheiben Corned Beef. Ich tippte die Tasten 435 in die Kassentastatur.

„Diverse Wurstwaren“ erschien auf dem Display. Ich kniff der alten Dame ein Auge zu und gab ihr den Plastikbeutel.

Ich sah, wie Rubenbaum hinter der Oma herging.

Als sie sich über die Gefriertruhe beugte, griff er in ihre Handtasche.

Ich erschrak. Rubenbaum wollte doch wohl nicht die alte Frau bestehlen?

Er öffnete die Handtasche und ich sah, dass seine rechte Hand darin verschwand.

Vorsichtig schloss er die Tasche wieder und entfernte sich leisen Schrittes.

Das konnte ja wohl nicht wahr sein. Mein Chef bestiehlt eine arme, alte Dame.

Aber wie man sich doch täuschen kann.

In der Mittagspause bat mich Rubenbaum in sein Büro.

„Frau Stuben", sagte er, „ich habe genau gesehen, dass Sie unser teures Corned Beef und vier Scheiben Eins-a-Mortadella zu dem Restwurstpaket gelegt haben, ohne den höheren Preis einzugeben."

Ich musste schlucken.

„Das ist nicht korrekt", sagte Rubenbaum.

„Herr Rubenbaum", erwiderte ich wütend. „Herr Rubenbaum, und Sie haben die arme, alte Frau bestohlen. Ich habe genau gesehen, wie Sie sich an der Handtasche zu schaffen gemacht haben!"

Was sagte ich da? Ich befürchtete das Schlimmste.

Aber Rubenbaum blieb ganz ruhig und klärte mich auf.

„Frau Stuben", sagte er, „was Sie getan haben, war zwar nicht korrekt, aber für mich durchaus nachvollziehbar. Sie haben ein gutes Herz. Sie haben direkt erkannt, dass die Frau wahrscheinlich nur eine kleine Rente bezieht. Aber ich weiß noch viel mehr über das Schicksal dieser Frau. Sie will keine Hilfe und sie will auch nicht ins Altenheim."

„Aber warum sind Sie dann an ihre Handtasche gegangen, Herr Rubenbaum?", fragte ich meinen Chef.

„Weil ich meiner Mutter heimlich 200 Euro hineingesteckt habe, damit sie über die Runden kommt. Sie lässt sich nichts von mir schenken. Sie hat eben ihren Stolz, wenn Sie wissen, was ich meine."

Ja, ich konnte Rubenbaum sehr gut verstehen.

Er bat mich, die Angelegenheit nicht an die große Glocke zu hängen, und wir vereinbarten Stillschweigen.

Immer, wenn Rubenbaums Mutter danach zu uns in den Supermarkt kam, wiederholte sich das Ritual.

Sie bekam von mir die Premium-Essensreste, von ihrem Sohn etwas Geld, ohne dass sie es direkt bemerkte.

Im September hatten wir unsere beliebten Grillwochen. Metzgermeister Mosek lieferte Schaschliks, Schnitzel, Steaks und alles, was grillbar war.

Als ich an einem lauen Abend nach Hause ging, schien mir, dass ganz Bochum grillte.

Überall lag ein Duft von Marinade, Panade, Remoulade, Curry- und Bratwurst in der Luft.

Ich ging noch zur Pommesbude, holte mir eine Portion Krautsalat mit Sahnesoße und ging heim.

Der 3. Oktober nahte. Endlich mal wieder ein freier Arbeitstag.

Fast wäre es mir so ergangen wie vor etlichen Jahren, als ich vergaß, dass der 1. Mai ein Feiertag war. Aber was war denn nun am 3. Oktober?

War es der Tag der Wiedervereinigung?

Und waren wir wirklich ein Volk?

Was war denn mit dem 17. Juni, dem Tag der Deutschen Einheit?

1989 stürzte eine IL 52 der Interflug über Berlin-Ost ab, 1943 wurde Fritz Teufel geboren, 1975 Willi Herren, der Olli Klatt aus der Lindenstraße und 1980 Venus Williams, die muskulöse Zwillings-Schwester der noch muskulöseren Serena Williams, deren Geburtsjahr mir jedoch nicht auf Anhieb einfiel.

An einem 3. Oktober starben 1988 Franz-Josef Strauß und 1994 Heinz Rühmann. Alles schon wieder vergessen!

Egal, es war halt mein freier Tag.

Also legte ich mich auf die Couch, zappte durch alle Programme und schlief wieder einmal schnell ein.

Da ich gerne träumte, träumte ich auch diesmal wieder. Fritz Teufel und Franz-Josef Strauß hakelten Finger. Heinz Rühmann sang im Hintergrund „Li la lu, nur der Mann im Mond schaut zu …“ Mutter Beimer kochte ein Ei und Hannes Wader war dabei. Nachts plagten mich Wadenkrämpfe. Ich schluckte Magnesium-Tabletten, aß mir ein Magnum-Mandel und kaufte am nächsten Morgen Magnolien aus Amsterdam, bevor ich zur Arbeit ging.

Die Stimmung war irgendwie gedrückt. Es lag was in der Luft.

Rubenbaum bat mich kurz vor Feierabend in sein Büro.

„Frau Stuben“, sagte er und sein Gesicht schlug Falten, „ich weiß nicht mehr, wie es weitergehen soll. Die Discounter machen uns das Leben zur Hölle. Jetzt fangen sie auch noch an, uns die Frischfleischpreise kaputt zu machen. Ich frage Sie allen Ernstes, haben Sie jemals zuvor Hackfleisch gegessen, das fünf Tage lang haltbar ist? Haben Sie jemals zuvor Erdbeeren gekauft, die Sie drei Wochen liegen lassen konnten, ohne dass sie Schimmel ansetzen? Frau Stuben, ich weiß nicht, wie sie es machen und ich frage mich, ob das alles gesund sein kann?“

Rubenbaum war völlig verstört.

„Unsere Umsätze sind im letzten Quartal um knapp 40 Prozent gesunken. Es tut mir leid, aber ich kann nicht anders, ich muss handeln!“

Bereits im nächsten Monat erhielten vier Kolleginnen die Kündigung.

Die Stimmung war auf dem Nullpunkt angelangt.

Selbst Metzgermeister Mosek lieferte nicht mehr täglich seine Ware.

Immer häufiger erhielten wir Waren der PEC/NO AG. Fleisch, Wurst, Obst, Gemüse und Tiefkühlkost. Wir wurden preiswerter, konnten aber nicht die Dumpingpreise der großen Handelsketten unterbieten. Rubenbaum nahm neue Kredite in Anspruch, rüstete zu spät auf Bio um und kurz vor Weihnachten meldete er Konkurs an.

„Na denn, frohes Fest, Frau Fleischer", sagte ich und ging anschließend zum Arbeitsamt, um mich arbeitslos zu melden.

Keine drei Wochen später erhielt ich eine Aufforderung, an einem sechswöchigen Kurs zur Integration ins Arbeitsleben unter Bedingungen, die der Realität entsprechen, teilzunehmen. Ich war wieder zurück. Willkommen im Leben!!

2003, nach dieser Eingliederungsmaßnahme war ich voll motiviert, weil ich wusste, dass alles sich verändert, wenn man es verändert.

Mein Arbeitslosengeld wurde pünktlich überwiesen, ich jobbte einen halben Tag lang nebenbei auf 400-Euro-Basis in einem 1-Euro-Laden und fühlte mich beschissen.

Aber war ich es nicht selbst schuld?

Hätte ich nicht den Job bei der Sparkasse anders durchziehen können? Wäre ich nicht lieber in die Politik gegangen, hätte ich nicht die richtigen sechs Lottozahlen ankreuzen können?

Ich fiel in ein tiefes Loch.

Der Winter wollte nicht enden. Anfang März fegte ich den Schnee von der Straße, obwohl ich keine Schneekarte im Briefkasten hatte.

Ich putzte zum zehnten Mal Staub, saugte alle Teppiche mindestens zweimal am Tag und belegte den Kurs „Erste Hilfe" beim Deutschen Roten Kreuz.

Irgendwann flippte ich aus. Ich steckte der Schaufensterpuppe, die ich Mund zu Mund beatmen sollte, einen Silvesterkracher in den Hintern und zündete ihn an. Das tote Opfer flog in die Luft und der Kursleiter war entsetzt.

Ich ging ruhigen Schrittes nach Hause und begann, Alkohol zu trinken.

Nach zwei Monaten griff ich seltener zur Flasche und schon ging es mir ein wenig besser.

Tagsüber schaute ich Arbeitslosen-TV bei den Privaten und meist schlief ich gegen 17.00 Uhr ein.

So ging es tagein und tagaus.

Ich fühlte mich trotzdem irgendwie mies, dass ich mich kaum noch traute, aus dem Haus zu gehen.

Der Sommer 2003 war durchwachsen.

Im August musste ich mal wieder an einem Kurs zur Integration ins Arbeitsleben, diesmal allerdings zu erschwerten Bedingungen, die der Realität entsprachen, teilnehmen. Der Kursleiter war ein gewisser Herr Wörner, mit dem ich zusammen an meinem ersten Kurs zur Integration ins Arbeitsleben unter Bedingungen, die der Realität entsprachen, teilgenommen hatte.

Wörner war es wohl peinlich und am nächsten Tag wurde er durch einen anderen Kasper ersetzt.

Mein Arbeitslosengeld verwendete ich hauptsächlich für Putzmittel, Süßigkeiten und Lottoscheine.

Ich lethargierte.

An einem Freitag im September, um 4.30 Uhr früh morgens wachte ich auf, als eine Wiederholung einer Gerichtssendung auf RTL lief, die ich zwei Tage zuvor auf SAT 1 gesehen hatte und die ich nur einen Tag später auf VOX als dritte Wiederholung zu sehen bekam.

So ging es immer weiter.

Ich blätterte in meinem Adressbuch. Ich hatte einfach Langeweile. Aber wen sollte ich anrufen? Die Frage erübrigte sich von selbst. Das Telefon klingelte. Ich nahm den Hörer ab und vernahm eine mir vertraute Stimme.

„Roman?", fragte ich, „Roman, du bist es wirklich? Wo bist du, was machst du, wie geht es dir?"

Roman erzählte mir, dass es ihm relativ gut ginge, er aber ständig auf der Flucht sei. Irgendetwas schien ihn zu bedrücken.

Plötzlich brach die Leitung zusammen und ich auch.

Das erste Lebenszeichen von Roman – und ehe wir uns wieder gefunden hatten, zumindest verbal, war alles schon wieder vorbei.

Nein! Das konnte es nicht sein.

Die Telekom hatte meinen Internet-Zugang noch nicht gesperrt und so rief ich am nächsten Tag meine E-Mails ab. 774 Stück. Davon 698 Viagra-, Rolex- und getürkte Sparkassennachrichten, die ich sogleich löschte, 21 verdächtige Mails im Spam-Ordner, die ich ebenfalls ungeöffnet löschte. Eine Mail blieb schließlich übrig. Absender: R_S@danger.com.

Allen Warnungen zum Trotz sagte mir eine innere Stimme, dass ich diese Mail lesen musste.

Ich öffnete die Nachricht. Es war tatsächlich eine Mitteilung von Roman.

Dort stand geschrieben, dass er in Ceylon sei und sich verfolgt fühle.

Er übersandte mir noch einen Link, den ich anklickte. Ich erschrak.

Eine PDF-Datei öffnete sich und obwohl mein Englisch schlecht war, wusste ich, worum es ging.

Ich schloss die PDF-Datei, worauf sich 42 Pop-up-Werbefenster öffneten.

Ich drückte die Tasten ALT-STRG-DEL und versetzte meinen Rechner somit in den Ruhezustand.

Um 13.00 Uhr am nächsten Samstag öffnete ich die Haustür, um mir meine Zeitung, die mir mein netter Nachbar Karl Pohlmann, jeden Morgen, bevor er zum Nordic-Walking ging, auf die Matte legte, zu holen. Ich blickte kurz auf die Schlagzeilen und schob mir einen Toast in den Toaster. Der Kaffee gluckerte in der fast neuen Kaffeemaschine, deren Neupreis bei 895 Euro lag, die ich aber erst in der vergangenen Woche bei eBay für nur 1,45 Euro ersteigert hatte.

Ein Zufalls-Schnäppchen. Denn nicht nur ich hatte mich bei der Suche vertippt, sondern auch der Anbieter. Schlaftrunken musste ich wohl „Affeemaschine“ ins Suchfeld eingegeben haben und genauso schlaftrunken hatte der Anbieter das Teil als „Affeemaschine“ angeboten. Selbst wenn man die Versandkosten von 4 Euro hinzurechnete, konnte man nicht meckern.

Endlich mal ein Lichtblick.

„Meine Damen und Herren“, klang es aus dem Radiolautsprecher, „die Aktion Lichtblicke hat bereits über 2,3 Millionen Euro an Spendengeldern eingenommen. Spenden auch Sie. Mit jedem Cent unterstützen Sie Projekte, die Menschen, denen es nicht gut geht, unterstützen.“

Wahrscheinlich wurde diese Aktion auch von der PEC/NO gefördert, dachte ich. Egal. Es war kurz vor Weihnachten und mein Arbeitslosengeld wurde wie immer pünktlich überwiesen und ich überwies 3 Euro an die Aktion Lichtblicke.

Mein Teppich im Wohnzimmer schien sich zu sträuben. Ich wollte ihm mit meinem Staubsauger schon wieder ans Synthetische. Und mein Staubsauger kannte da keine Gnade. Ein kleiner grüner Kobold von Vorwerk. Gut und teuer. Über das Design lässt sich streiten. Ich nahm das grün-weiße Ungetüm, ergonomisch top geformt, steckte den Stecker in die Steckdose, drückte auf die rote Taste und der Kobold tat das, was er perfekt konnte. Er saugte. Und zwar verdammt gut. Ich geriet in einen Saugrausch. Zum ersten Male benutzte ich auch einmal das umfangreiche Zubehör, saugte mit einem Spezialaufsatz das Bücherregal, mit einem anderen die Zwischenräume der Heizkörper, saugte alle Steh- und Hängelampen, stülpte den Minipolstersaugadapter über, entfernte Staub der letzten 30 Jahre aus den Zwischenräumen meines alten Sofas und saugte mir quasi einen Wolf. Ich war tatsächlich im Saugwahn.

Nachmittags buk ich 20 Kuchen. Ich war auch im Backwahn.

Gegen 19.00 Uhr wollte ich mich eigentlich entspannen und mir das Spiel der deutschen Volleyballdamen im EM-Qualifikationsspiel gegen Chile ansehen. Ich zog meinen tarnfarbenen Jogginganzug an, joggte zur Couch und legte mich hin. Ich hatte es mir gerade so richtig gemütlich gemacht, mir zwischendurch die Zehennägel kurz geschnitten, da klingelte die Türglocke. Einmal. Es konnte also nicht der Postbote sein. Aber es war etwas Ähnliches.

Der Hermes International Versand Service, in Persona Oliver Breitscheid, seines Zeichens Versand-Service-Zusteller, stand vor der Tür und überreichte mir, nachdem ich die Tür geöffnet hatte, ein Paket. Ich nahm es an mich, wünschte Herrn Breitscheid ein schönes Wochenende und stellte das Paket, das nicht größer war als ein Schuhkarton, im Flur ab.

Am nächsten Morgen stolperte ich im Flur über einen Schuhkarton, der sich als das Paket, welches ich am Abend zuvor von Herrn Breitscheid vom Paketdienst überbracht bekommen hatte, entpuppte.

„Nanu“, sagte ich, „ist das nicht Romans Handschrift?“

Tatsächlich! Schon wieder ein Lebenszeichen von Roman. Und dann auch noch ein ganzes Paket.

Es war sehr gut verklebt. Ich fand sofort ein Cuttermesser und schlitzte das Paket auf.

Viel Füllmaterialien in Form von Luftpolstertaschen und Zeitungspapier umhüllten einen kleinen Fingerhut. Ich nahm diesen winzigen Fingerhut und deutete ihn als Fingerzeig. Mein gesunder Menschenverstand sagte mir: „Am Fingerhut, am Fingerhut, da geht's der Senorita gut!“ Oder auch nicht. In diesem Fingerhut war mühsam eine zusammengefaltete DIN-A4-Seite. Es war zwar etwas kompliziert, den Zettel unbeschadet aus dem Versteck zu befreien, aber es gelang mir schließlich doch. Weitaus schwieriger war es, den Text, der auf dem Blatt geschrieben stand, zu entziffern. Es war in der Tat Romans Handschrift.

„Liebe Sylvia“, begann er, „da ich weiß, dass alles, was ich tue, beobachtet, beschattet und überprüft wird, muss ich dir leider diesen Kelch zukommen lassen, der hoffentlich nicht an dir vorübergeht, und ich hoffe, dass du schneller reagierst als der Fotograf, der just in diesem Moment, in dem du diesen Text liest, mit 6-fach digitalem und 4-fach optischem Zoom versucht, diese Zeilen zu fotografieren.“

Roman war ein schlaues Kerlchen. Er gab mir einen Wink mit dem Zaunpfahl. Ich faltete den Zettel schnell wieder zusammen und ging ins Badezimmer.

Ich zog meinen Slip herunter, setzte mich aufs Klo und ließ laufen. Ich war so aufgeregt ob der Dinge, die auf mich zukamen, dass ich sogar ohne Abführmittel abführen konnte. Roman hatte zirka 23 000 Zeichen auf dem A4-Blatt untergebracht. Eine erstaunliche Leistung. Es war zwar nicht leicht zu lesen, aber es ging.

Nachdem ich alles gelesen hatte, wischte ich mir mit der Nachricht den Hintern ab, rief anschließend meinen ehemaligen Kollegen Willi Wurst an und fragte ihn, ob er für unbestimmte Zeit auf meine Katze aufpassen könnte.

„Kein Problem, Frau Stuben, ich habe eh noch keinen neuen Job und momentan auch keine Freundin. Dann habe ich außer Handarbeit noch ein bisschen was anderes zu tun. Bringen Sie mir Ihren Stubentiger ruhig vorbei. Ich werde das Tier bestens versorgen.“

Ich schnappte mir Lassie, setzte sie auf den Beifahrersitz im Auto, gurtete sie an und brachte sie in Willis Wohnung.

Danach fuhr ich zur Bank, lieh mir 2000 Euro zu einem uneffektiven Jahreszins und flog nach Sri Lanka.

In Ceylon angekommen, trank ich zuerst einen grünen Tee.

Ich bestellte ein Taxi, fuhr damit zur Halo Street und stieg am Anfang der Straße aus.

Zu Fuß ging ich weiter, bis ich das Haus mit der Nummer 428 erreichte. Ein imposantes Gebäude mit 18 Stockwerken. Ich ging an den Straßenrand, blickte nach links, dann nach rechts, um die Straße einigermaßen sicher zu überqueren. Ich wusste jedoch nicht, dass in Ceylon Linksverkehr herrschte, und konnte dem heranfahrenden Linienbus noch so eben ausweichen.

Eine Kutsche, die von zwei weißen Pferden und einem Nilpferd gezogen wurde, hielt in meiner Nähe an.

Ich schaute instinktiv dorthin, überquerte die Straße zunächst ohne Probleme, stolperte aber, schlug mit meinem Kopf auf Kopfsteinpflaster, bekam von einem herbeieilenden Notarzt ein Pflaster auf den Kopf gepflastert und warf einen Stein in den Bach, der die Straße herunterrann. Wie ich später erfuhr, sollte das Glück bringen.

So stand ich nun hier in Ceylon, ziemlich lädiert, vor einem 18-stöckigen Hochhaus mit der Hausnummer 428. Ich blickte auf die Namen auf den Klingelschildern. Meyer, Müller, Schulze, Schmidt, Aberansami, Zabrisky, El Al Hulam, Ma Baker und einige, nicht zu entziffernde Namen, waren dort angeschlagen. Wo aber wohnte Roman?

Ich las noch einmal von links unten bis rechts oben. Tatsächlich. Ich musste beim ersten Mal den Namen R. Schreiber im 17. Stock überlesen haben.

Also klingelte ich einfach an. Im Lautsprecher der Gegensprechanlage knarrte es.

„Guten Tag, mein Name ist Roman Schreiber, ich bin zurzeit nicht zu Hause. Sie haben aber dennoch keine Chance, mich auszurauben, meine Wohnung wird videoüberwacht. Wenn Sie jedoch ernsthaft daran interessiert sein sollten, mich besuchen zu wollen, rufen Sie bitte die Nummer 01083-47110815, für nur 20 Rupien in der Minute aus dem ceylonesischen Festnetz, an."

Kaum hatte ich die letzte Zahl in mein Handy eingetippt, öffnete sich schon die Tür.

Sehr suspekt.

Drei Fahrstühle erwarteten mich. A, B und C.

Ich stellte mich in die Mitte des Flurs und drückte nacheinander auf die Aufwärtstasten der jeweiligen Lifte. C öffnete sich.

„Aaah", staunte ich, als sich die Tür auftat. Luxus pur. Ich drückte auf die Taste mit der Nummer 17 und der Aufzug setzte sich in Bewegung. Es ruckelte stark und ich vernahm merkwürdige Schleifgeräusche. Abwechselnd leuchteten im Display die Zahlen 16 und 18 auf.

Der Fahrstuhl fuhr immer wieder rauf und runter.

Mir wurde schlecht. Das ganze Spielchen ging ungefähr 45 Minuten so weiter, bis der Lift zwischen der 14. und 15. Etage zum Stillstand kam.

Zwei nette Sri Lankesen zogen mich aus meinem Gefängnis auf den Flur. Ich befand mich also in der 15. Etage.

Ein Liftboy aus Fahrstuhl A, der sich verfahren hatte, entschuldigte sich im Namen des Hauseigentümers und zeigte mir das Treppenhaus.

Die letzten 42 Stufen bis zum 17. Stockwerk ging ich zu Fuß hinauf.

Ein langer Korridor erstreckte sich von Nord nach Süd.

Ich blickte auf die Türschilder. Vor der Wohnung 17/08 hing das Schild „R. Schreiber".

Ich wollte gerade klopfen, da surften vier Kids auf ihren Skateboards an mir vorbei und sangen „Knocking on heavens door". Die Zimmertür hatte in der Tat einige Düllen aufzuweisen.

Insgesamt erschien mir das ganze Umfeld und auch das Haus etwas heruntergekommen zu sein. Aber ich musste Roman finden, egal wie widrig die Umstände auch waren.

Ich klopfte also an die Tür. Nichts passierte.

Ich klopfte heftiger.

Ich hörte, dass sich im Inneren der Wohnung Schritte der Tür näherten.

Es wurde mir aufgetan. Es war zwar ziemlich düster, aber ich erkannte den Mann sofort.

War er es wirklich?

Tatsächlich!

Metzgermeister Mosek höchstpersönlich führte mich mit einem „Psssst!!" auf den Lippen in die geräumige Wohnung.

Er hielt den Zeigefinger vor die geschlossenen Lippen und zischte „Wanzen!" durch seine Zähne.

Ich bekam sofort einen Juckreiz und kratzte mir prompt den Mitesser über der Oberlippe auf. Wie konnte ich jetzt nur an Peter Maffay denken?

Mosek nahm ein leeres Stück Papier, zückte einen Kugelschreiber aus seiner Jackentasche und schrieb: „Hallo Frau Stuben, wie geht es Ihnen?"

Ich nahm meinerseits ein leeres Blatt in die Hand und antwortete schriftlich: „Hallo Herr Mosek, es geht mir gut!"

Er schrieb: „Ich habe keine Lust mehr zu schreiben, lassen Sie uns von hier weggehen!"

Ich schrieb zurück: „Gerne, Herr Mosek, aber wohin, ich bin fremd hier. Was schlagen Sie vor?"

Mosek schrieb: „Erst einmal raus hier, vor die Tür!"

„Warum?", kritzelte ich auf meinen Zettel.

Mosek antwortete schriftlich: „Damit wir uns in Ruhe unterhalten können, mein Kugelschreiber tut es ohnehin ni...!"

Ich konnte den Satz nicht richtig zu Ende lesen und schrieb: „Ich weiß nicht, was Sie meinen."

Mosek wurde ungehalten, zeigte auf die Eingangstür und deutete mit der Hand auf den Boden.

Ich schrieb: „Ach so, ich verstehe, wir sollen hier raus!"

Er nickte und wir verließen die Wohnung.

Im Fahrstuhl sprach er immer noch kein Wort und auch ich hielt meinen Mund. Man konnte ja nicht wissen.

Unten angekommen gingen wir aus dem Haus und standen vor der stark befahrenen Straße.

„Jetzt können wir endlich sprechen, Frau Stuben", sagte Mosek.

Ich war sprachlos.

Mosek bemerkte meine Irritation, winkte nach einem Taxi und wir fuhren in ein landestypisches Lokal mit dem Namen „Zum Deutschen Eck".

Wann war ich zum letzten Mal in einer Kneipe gewesen?

Wir öffneten die Eingangstür und ein Duftgemisch aus Sauerkraut und fettigem Eisbein kam uns entgegen. Mosek fragte nach einem Tisch für zwei Personen und ein Kellner führte uns an ein nettes Plätzchen direkt neben den Toiletten.

Der Duft des Sauerkrautes mischte sich mit immer anderen Düften, wenn sich die Türen neben unserem Tisch öffneten.

Aber egal!

Ich war hungrig und bestellte drei Weißwürste mit Krautsalat. Mosek wählte Leberkäse mit Spiegelei. So langsam hatte ich meine Fassung wiedergefunden.

„Was zum Teufel machen Sie hier in Ceylon, Herr Mosek, und wo steckt Roman?"

„Frau Stuben, das ist eine lange Geschichte, aber ich werde Ihnen reinen Wein einschenken!"

Er nahm ein Glas, das auf dem Tisch stand, und goss mir ein Viertel Spätburgunder ein.

Er fuhr fort: „Roman Schreiber ist ein alter Freund von mir. Wir lernten uns bereits vor 15 Jahren beim literarischen Stammtisch im Haus Hammelmann an der Gußstahlstraße in Bochum kennen. Ich liebte Romans Texte, seinen Schreibstil, seine mutige Art, Skandale aufzudecken. Nicht so, wie früher Wallraff, der sich auf Schreibtische setzte und sich ankettete. Das konnte sogar Christian Anders. Nein, vielmehr liebte ich Romans Bücher, seine Investigationsromane, wie zum Beispiel sein erstes Werk, als er mit der Kontaktlinsenmafia abrechnete. Er hat halt den Durchblick. Er recherchiert äußerst sorgfältig und exakt. Alles, was er je zu Papier brachte, hat Hände und Füße. Wir spielten außerdem an jedem zweiten Freitag im Monat Bauernskat und Roman erzählte mir von seinem jetzigen Projekt. Er ist dabei, den größten Lebensmittelskandal und noch viel mehr aufzudecken. Frau Stuben, ich sage Ihnen eins; es geht nicht nur um die Wurst. Was glauben Sie, warum Rubenbaum seinen Laden dichtmachen musste? Warum gingen meine Umsätze in letzter Zeit immer weiter in den Keller? Roman ist dabei, das ganze Imperium der PEC/NO auffliegen zu lassen. Diese Bande besitzt bereits heute Mehrheitsanteile an allen führenden börsennotierten Lebensmittelunternehmen in der ganzen Welt. Die PEC/NO strebt nach der Weltherrschaft. Und die Formel, die Roman besitzt, würde diese Mafia in die Lage versetzen – lassen Sie es mich drastisch ausdrücken – aus Scheiße Geld zu machen. Sie haben zwar schon entdeckt, dass man aus Jauche probiotischen Jogurt herstellen kann. Mit Hilfe der Formel hätte die PEC/NO nahezu alles im Griff."

Ich war platt.

Mosek fuhr fort: „Roman ist jetzt bereits seit zwei Jahren ständig auf der Flucht. Die PEC/NO hat ihre gesamten kriminellen Energien freigesetzt und versucht seitdem, Roman aus dem Verkehr zu ziehen, um an die Formel zu gelangen."

„Wo hält sich Roman denn jetzt auf?", wollte ich wissen.

„Das möchte ich lieber nicht wissen", antwortete Mosek, „ich erhalte nur einmal im Monat per SMS, Anruf oder Einschreibe-Rückschein-Brief ein Lebenszeichen von ihm. Das Letzte, was er mir mitteilte, war, dass er mit dem bekannten Privatdetektiv Karl May irgendwo im wilden Kurdistan unterwegs sei. Und irgendwo in Kurdistan befindet sich eine Zweigstelle der PEC/NO."

Ich machte mir große Sorgen um Roman.

Warum hatte er mir nicht gesagt, was er vorhatte?

Wie sehr sehnte ich mich nach seinem knackigen Hintern, seinen großen Händen, seinen unrasierten Ohren!

Wie mag es ihm in all den vielen Monaten ergangen sein?

Sollte ich Mosek von dem folienverschweißten Arschhaar erzählen?

Lieber nicht!

Es war bereits 23.00 Uhr. Mir fiel siedend heiß ein, dass ich noch keine Unterkunft für die Nacht hatte. Vielleicht hätte ich bei Mosek, in Romans Wohnung, übernachten können. Aber ich hatte absolut keine Lust, den ganzen Abend über mit Mosek nonverbal und mit Kuli und Papier ausgestattet, zu kommunizieren.

Der deutsche Kellner, der einen akzentfreien fränkischen Dialekt sprach, empfahl mir nach Anfrage das Hotel California. Gut und günstig.

Mosek begleitete mich noch zur U-Bahn-Station. Wir fuhren mit einer deutschen Rolltreppe in den ceylonesischen Untergrund. Ich zog ein Ticket, entwertete es an einem Fahrkartenentwerter „Made in Germany", verabschiedete mich von Mosek, nachdem wir uns für den nächsten Tag zu einem Wiedersehen auf dem Wochenmarkt verabredet hatten.

Ich bestieg die nächste U-Bahn, die mich in die Nähe des Hotels California fahren sollte. Es war zwar schon relativ spät, trotzdem waren alle Waggons brechend voll. Wie ich mitbekam, waren zu diesem Zeitpunkt gerade die Spiele der Tischtennis-Regionalliga zu Ende gegangen und die Fans wollten nach Hause. Nach drei Stationen stieg ich aus.

Der freundliche deutsche Kellner hatte mir netterweise meinen weiteren Fußweg auf ein Blatt Papier gezeichnet. Er hieß eigentlich Thomas, wurde aber hier aufgrund seiner guten Ortskenntnisse nur Tom-Tom genannt.

Ich fuhr mit der nächsten deutschen Rolltreppe aus dem Untergrund hinauf ins hell beleuchtete Nachtleben von Colombo.

Ein herrlicher Duft von Wokgemüse kam mir entgegen, als ich nach zehnminütiger Rolltreppenfahrt auf einer belebten Straße ankam.

An der nächstbesten Wokbude bestellte ich eine Portion Schweinefleisch süßsauer mit einer leckeren Bechamel-Soße, ging anschließend in die dritte Nebenstraße rechts hinein und nach 120 Metern Fußmarsch sah ich schon die schrille Leuchtreklame meines Hotels aufleuchten.

An der Rezeption begrüßte mich ein ausgesprochen gut aussehender Pakistani, der mich freundlich empfing.

Tom-Tom, aus dem Deutschen Eck, hatte sicherheitshalber telefonisch für mich reserviert. Ein nettes Volk diese Ceylonen oder Ceylonsier, Sri Lankesen oder wie auch immer sie hießen.

„Zimmer 19 im ersten Stock, Mrs. Stuben“, sagte der Portier und überreichte mir meinen Zimmerschlüssel, der überdimensional groß war.

Er schnippte nach dem Kofferträger und kurze Zeit später saß ich in meinem Zimmer.

Ein schön eingerichteter Raum mit Klima-Anlage, Internet-Zugang und Satelliten-TV. Das Bad mit indischem Bambus verkleidet, Carrara-Marmor-Fliesen und alles in dezenten Farben ausgestattet.

Umgerechnet 36 Euro pro Nacht empfand ich als nicht zu teuer.

Ich fühlte mich wohl, war zwar müde, aber ließ es mir nicht nehmen, den wunderschönen, großen Farbfernseher mit der Fernbedienung in Gang zu setzen.

Auf dem Beistelltisch lag eine Liste mit allen Nummernkombinationen und den dazugehörenden Sendern. 666 verschiedene Programme.

Ich begann, ohne auf irgendwelche Zahlen zu achten, mich durch die Vielfalt der Programme zu zappen.

Die ersten dreizehn Sender mussten Regionalsender gewesen sein, dann kamen die übrigen 412 asiatischen TV-Stationen, ich erblickte auch CNN, BBC und WDR III.

Verrückt! WDR III in Ceylon.

Und dann auch noch die verschiedenen Landesfenster.

Ich drückte dreimal die Nummer 6.

666, tatsächlich, es lief gerade die Aktuelle Stunde, Regionalfenster Essen. Ein mir vertrautes Gesicht begrüßte mich mit einem leichten, nicht zu unterdrückenden Ruhrgebietsdeutsch.

„Herzlich willkommen zu Ihrem Fernsehprogramm von nebenan. Schön, dass Sie wieder dabei sind. Hier nun unsere Themen: Einzelhandelssterben im Revier hält an, der VfL Bochum schlägt Hertha BSC Berlin mit 7:1, Kleinkunstfestival im Bochumer Zauberkasten."

Ich war einfach zu müde, um konzentriert zuzuschauen, fühlte mich aber wie zu Hause und schlief in einem Elefantenohrensessel ein. Tief und fest schlummerte ich bis zum nächsten Morgen durch.

Gegen 8.30 Uhr ging ich in den Frühstücksraum.

Es gab Intercontinentales Frühstück. Brot, Butter, Marmelade und Kaffee. Ich war nicht hungrig und gab mich mit acht Schnitten Weißbrot zufrieden.

Dann ging ich zum Empfang und fragte, ob ich noch für weitere drei Tage in dem Hotel bleiben könnte. Kein Problem.

Anschließend machte ich mich frisch und fuhr mit einer Rikscha zum Wochenmarkt.

Ich hatte mich mit Mosek vor dem Avocado-Stand verabredet und als ich ankam, stand er schon in der Nähe.

Er schien mit einem einheimischen Kollegen zu fachsimpeln.

Mosek sprach perfekt Englisch und kannte sich auf dem Weltfleischmarkt aus.

Auch sein Kollege schien zu wissen, worüber er sprach.

Ich sah noch, wie Mosek ein Stück Fleisch in die Hand nahm und kurz darauf zusammensackte.

Als ich am Stand ankam, hatte sich bereits eine Menschentraube gebildet, sodass ich nicht richtig an den Stand herankommen konnte.

Genau so schnell, wie sich die Menschenmenge gebildet hatte, löste sie sich auch wieder auf.

Rund 200 Meter entfernt sah ich, wie eine Trage, auf der Mosek lag, in einem alten VW-Transporter verschwand.

Ich blickte mich um.

An dem Fleischstand, an dem Mosek noch kurz zuvor das Fleisch begutachtete, war niemand mehr.

Nur ein kleiner Junge, vielleicht acht oder zehn Jahre alt, befand sich in der Nähe.

Ich versuchte, ihn auf Englisch zu fragen, was hier passiert sei.

Er zuckte jedoch nur mit den Schultern und fragte: „Wanna buy a good meal?“

Es war zwecklos. Ich nahm ein Taxi und fuhr zur Deutschen Botschaft.

Der Ambassadeur bat mich in sein Büro, bot mir einen Eierlikör und anschließend einen Sitzplatz an. Bevor ich ihm sagen konnte, worum es geht, sagte er:

„Sagen Sie jetzt nichts, Frau Stuben. Halten Sie uns nicht für dumm, obwohl wir Beamte im Staatsdienst sind. Der Bundesnachrichtendienst, kurz BND, weiß genau, worum es geht. Sie müssen schleunigst das Land verlassen. Sie sind hochgradig gefährdet."

Er überreichte mir einen Reisepass, der mich als Annegret Richter, eine Eisschnellläuferin aus Liechtenstein, auswies.

Ich war vaduzt. Von jetzt auf gleich.

Was ging hier ab?

„Herr Botschafter der Bundesrepublik Deutschland", sprach ich den Mann im eleganten Anzug an, da ich nicht wusste, wie man einen Botschafter der Bundesrepublik Deutschland sonst ansprechen sollte. „Herr Botschafter …"

Er unterbrach mich und sagte: „Mein Name ist Schadrowski, Frau Richter."

Frau Richter? Ach ja, ich hieß ja jetzt Frau Richter.

Schadrowski holte einen großen Umschlag hervor und sagte: „Hier sind Ihre Tickets, Ihre Adresse für Ihren Aufenthalt in den nächsten Monaten, Ihre Kontoverbindung, Ihr Pass, Ihr Wohnungsschlüssel, ein Foto Ihres Hauses, ein Foto Ihres Autos und ein Tankgutschein über 35 Euro. Zusätzlich erhalten Sie ohne Mehrkosten ein wunderschönes Motorola-Handy im Colani-Design im Netz von E-plus, zum sagenhaft günstigen Monatspreis von nur 19,95 Euro, ohne Grundgebühr, mit Minutenpreisen von 0,19 bis 0,79 Euro die Minute, abhängig vom Netzanbieter. Wir werden uns bei Bedarf bei Ihnen melden, dann erfahren Sie mehr. Und seien Sie vorsichtig, Frau Richter. Guten Flug. Ihr Flieger geht in vier Stunden."

Musste, sollte ich das alles verstehen?

Der Botschafter begleitete mich noch zum Taxi und knapp fünf Stunden später war ich über den Wolken, wo das Leben noch lebenswert gewesen wäre, hätte es nicht diese Turbulenzen gegeben.

Nach mehreren Zwischenlandungen endete mein Flug in Glasgow.

Ich checkte out und wurde bereits erwartet. Ein unscheinbar wirkender Mann mit Plüschstiefeln und grauer Bundfalthose kam auf mich zu.

„Frau Richter?“, fragte er.

Ich nickte stumm.

Er überreichte mir einen Autoschlüssel und einen DIN-A1-Umschlag.

Er zeigte mir den Weg zum Parkplatz für Mietwagen, wünschte mir „Good luck“ und verschwand im Nebel. Problemlos erhielt ich am Autoübergabepunkt einen Fiat Punto.

Ich überprüfte den Benzinstand, stieg in das Fahrzeug ein und erlebte meine erste eigene Autofahrt im Linksverkehr.

Erstaunlicherweise gewöhnte ich mich recht schnell an das für mich Ungewohnte, wohnte ich doch niemals in Schottland.

Nun ja, den ersten Kreisverkehr hatte ich wohl etwas verbaselt, obwohl ich ja jetzt Liechtensteinerin war und nicht aus der Schweiz kam.

Von Glasgow aus nahm ich den mir vorgeschriebenen Umweg durch die Schottischen Highlands in Kauf, genoss die herrlich grüne Landschaft, wenn es nicht gerade mal wieder nebelte, übernachtete zweimal in hervorragenden Bed-&-Breakfast-Häusern und erreichte irgendwann die Hafenstadt Dover in England.

Die neuen Identifikationspapiere, Führerschein und Reisepass waren so perfekt gefälscht, dass ich sie beim Zoll nicht einmal vorzeigen musste.

Die Überfahrt ins französische Calais war stürmisch. Aber ich liebte die Stürme, die brausenden Wogen. Apropos Brausen, ich wollte unbedingt mal wieder duschen.

Von Calais aus kurvte ich noch etwas durch Frankreich, aß hier und da einen kleinen Snack und prüfte, ob meine neue Kreditkarte auch funktionierte. An einem Cash-Automaten zog ich 400 Euro. Keinerlei Probleme.

Nach einem kurzen Zwischenstopp im Elsass lotste mich mein Navigationssystem direkt zu meinem neuen Domizil in Liechtenstein.

Ein schmuckes Einfamilienhaus mit Küche, Bad und Balkon, relativ ruhig gelegen, recht einsam an einer schönen Waldlichtung.

800 Meter weiter befand sich das Gebäude einer Liechtensteiner Firma, die Briefkästen herstellte.

Nach zwei Tagen bemerkte ich, dass erstaunlich viele Leute in Mittel- bis Oberklassefahrzeugen zu dieser Produktionsstätte fuhren. Nur zu mir kam niemand.

Nach zwei Wochen wurde mir langweilig.

Ich besaß zwar einen Internet-Anschluss, aber der BND hatte vorsorglich jeglichen ein- und ausgehenden E-Mail-Verkehr blockiert.

Ich war von der Web-Außenwelt abgeschnitten.

An einem schönen Herbsttag setzte ich mich in mein Auto und fuhr in einen kleinen Vorort von Vaduz. Ich wollte einfach mal wieder unter Leute kommen. Ich bemerkte, dass mir ein Wagen folgte. Ich fühlte mich beobachtet. An einer roten Ampel stoppte ich, setzte den Blinker nach rechts und fuhr bei Grün links ab in eine Einbahnstraße. Ich blickte in den Rückspiegel. Niemand folgte mir mehr.

Durch diesen genialen Schachzug hatte ich meine vermeintlichen Beschützer abgeschüttelt.

Ich parkte den Wagen auf einem öffentlichen Parkplatz, stieg aus und atmete tief durch.

Der Wind pfiff mir durchs Haar, die Sonne lugte durch die Wolken, der Mond war auch schon aufgegangen und schon ging es mir besser.

Ich überquerte eine kleine Straße. Dort musste wohl ein Zebra überfahren worden sein. Die Streifen waren noch deutlich zu sehen.

Ich spazierte ziellos durch die Gegend.

In der Ferne tauchte ein Straßenschild auf.

Je näher ich kam, desto größer schienen mir die Buchstaben zu werden.

Es war ein Ortsschild.

Ich befand mich in Steg, der Wintersportmetropole Liechtensteins.

Ein kleines gemütliches Örtchen, vergleichbar mit Wangerooge, nur dass dieser Ort recht hoch gelegen und die Nordsee weit entfernt war. Ich ging in Richtung Ortskern und war überrascht. So eine saubere Stadt hatte ich in meinem ganzen Leben noch nicht gesehen. Die Bürgersteige erstrahlten nahezu hellweiß, erschienen fast marmorähnlich. Keine Kaugummireste, keine Bierdosen in den Vorgärten. Alles war fast klinisch rein.

In der Avenue Juliet Greco war ein nettes kleines Café. Ich setzte mich an einen der drei Tische, die draußen standen, und bestellte einen Cafe Latte.

Kurze Zeit später brachte mir eine sehr aufmerksame, schöne junge Frau das Coffeingetränk.

Ich schaute mich um. Links von mir stand eine kleine, verklinkerte Kirche, die aus dem 16. Jahrhundert stammte, schräg davon gegenüber ein kleines verklinkertes Haus mit Spitzdach und direkt daneben eine öffentliche Toilette ohne Verklinkerung.

Mein Blick streifte an der Fensterfront des Cafés vorbei und ich sah den Schriftzug „Internet-Café“ an der Scheibe.

Na klar, das war die Möglichkeit, meine E-Mails, die sich seit Wochen angesammelt hatten, abzurufen.

Ich betrat den Innenraum des Cafés, fragte die aufmerksame Bedienung nach dem Internetanschluss und wurde von ihr in einen kleinen separaten Raum direkt hinter der Küche geführt. Sie deutete mit einem Kopfnicken auf die rechte Ecke des Raumes. Dort stand hinter einer Yuccapalme ein kleiner Laptop mit 25-Zoll-Monitor. Kurz bevor ich mich einloggen konnte, kam die nette junge Dame noch einmal zu mir und flüsterte mir ins Ohr:

„Frau Stuben, Sie müssen vorsichtig sein, die PEC/NO ist Ihnen auf den Fersen."

Sie steckte mir noch einen Zettel zu und verschwand.

Woher wusste die junge, hübsche Dame meinen richtigen Namen?

Was war nun wieder los?

Ich dachte nicht weiter darüber nach.

Ich nahm fünf 1-Euro-Münzen, steckte sie in den DSL-Freigabeautomaten und loggte mich mit meinem Passwort in meinen web.de Account ein.

„Sie haben 849 ungelesene Mails" schoss es mir aus meinem Postfach entgegen.

Ich dachte, hier geht die Post ab. Zunächst löschte ich ungesehen die 695 Mails, die im Ordner „Unerwünscht" abgelegt waren. Danach die 105 Mails im Ordner „Unbekannt". Es blieben also 49 Nachrichten, die im Ordner „Freunde und Bekannte" eingegangen waren. 30 Börsen-Newsletter, zehn Pollenflugvorhersagen, fünf unwichtige Nachrichten von meinem Bruder, der mir hin und wieder schmutzige Witze zumailte, vier Reiseberichte von meiner ehemaligen Arbeitskollegin, Frau Fleischer, die mir immer aus dem Urlaub ihre Fotos zusandte, und schließlich blieb noch eine Nachricht übrig.

Ich konnte es kaum fassen. Im Betreff stand: „Ghost – Nachricht von Sam".

Ein Lebenszeichen von Roman.

Wir hatten ausgemacht, dass Nachrichten von Sam immer auch Nachrichten von Roman sind. Ich bemerkte, wie meine Hände feucht wurden, und ehe mir die Maus aus der rechten Hand flutschen konnte, öffnete ich die Post.

Im erweiterten Header konnte ich sehen, dass Roman mir diese Mail erst vor acht Tagen zugesandt hatte. Ich scrollte.

„Hi, Sylvie, ich weiß, dass du vom BND aus der Schussweite

genommen worden bist. Ich weiß auch, dass Mosek entführt wurde. Das war nur ein Ablenkungsmanöver. Ihm geht es sehr gut. Du wirst ihn auch schon bald wieder sehen. Ich weiß, dass auch wir uns einmal wiedersehen werden. Ich weiß nur noch nicht, wann. Was ich jedoch nicht weiß, was nach dem Tod von Professor Galenko alles passiert ist. Ich weiß weiter nicht, was aus der Konservendose, die ich dir aus Indien zuschickte, geworden ist. Ich weiß, und das weiß ich am besten, dass die PEC/NO niemals an die Formel, die ich auf einem Zettel im Fleisch der Konservendose versteckte, geraten darf. Wenn du mehr darüber weißt, teile es mir bei unserem nächsten Treffen, welches ja irgendwann sein wird, mündlich mit. Leider weiß ich auch, dass ich am 23.12.2003 mein Versteck, leider kann ich dir nicht schreiben, wo genau in Belgien ich mich aufhalte, verlassen muss, da mein jetziger Vermieter Eigenbedarf angemeldet hat. Ich weiß auch, dass diese Nachricht, nachdem du sie gelesen hast, vernichtet werden muss. Antworte auf dieses E-Mail bitte einfach mit der Zeile: „Bitte aus dem Newsletter austragen". Danach wird das Mail unwiderruflich gelöscht. Ewig dein. Roman. Ich liebe dich!"

Nach so viel Wissen wusste ich jetzt noch mehr.

Ich wischte mir eine Träne aus dem Auge.

Mein Roman. Nein, das hatte er nicht verdient.

Wahrscheinlich hatte ihn sein Vermieter mit einer anfechtungswürdigen Begründung vor die Tür gesetzt. Aber er schien vorgesorgt zu haben und hatte offenbar den Umzug schon in die Wege geleitet.

Kurze Zeit später erhielt ich einen automatisch generierten Bestätigungslink von Roman, den ich anklickte und schon war seine Mail verschwunden. Ich schloss den Browser, nicht ohne vorher meine persönlichen Daten und alle Cookies zu löschen. Um ganz sicher zu sein, formatierte ich noch die Festplatte des Laptops.

Ich ging zurück ins Café und warf einen Blick auf den Zettel, den mir die Bedienung, die mich offensichtlich kannte, zugesteckt hatte. In leserlicher Handschrift stand da:

„Liebe Frau Stuben, vielleicht kann ich Ihnen weiterhelfen. Ich kenne Romans derzeitigen Aufenthaltsort. Bitte besuchen Sie mich heute Abend um 20.00 Uhr in meiner Privatwohnung. Sabine Jones, 15, rue Avenue, 9497 Steg, Liechtenstein. Wenn Sie einverstanden sind, husten Sie bitte dreimal, wenn ich zum Kassieren komme, wenn Sie es nicht wünschen, rülpsen Sie bitte einmal dezent."

Ich faltete den Zettel wieder zusammen und bat um die Rechnung. „Fräulein", rief ich, „ich hätte gerne noch ein Glas Mineralwasser und bringen Sie mir dann auch direkt die Rechnung."

Die junge Frau brachte mir das Wasser, zauberte ihre Kassiererinnengeldbörse aus dem Rock hervor und begann zu rechnen. „Das macht genau 7 Euro und 15 Cent, Mademoiselle", sagte sie.

Ich hustete dreimal, gab ihr 8 Euro, trank noch einen Schluck Mineralwasser und musste rülpsen.

Die freundliche Frau schaute mich fragend an. „Sind Sie hauptsächlich erkältet oder haben Sie es am Magen?", fragte sie.

„Ich denke, es ist primär die Erkältung, die mich plagt", antwortete ich und kniff ihr ein Auge zu.

Kurz danach musste ich noch einmal aufstoßen, vermied aber, dass man es hörte, und verschluckte den Rülpser dezent.

Ich kehrte zu meinem Wagen zurück und schaute mir das kleine Liechtenstein noch intensiver an. Trotzdem musste ich immer wieder an Roman denken. Hoffentlich ging alles gut – mit seinem Umzug. Ich überlegte und fragte mich, was die Bedienung aus dem kleinen Café über Roman wusste?

Wieso kannte sie mich?

Warum wollte sie mit mir reden und in welche Geschichte war ich diesmal hineingeraten?

Fragen über Fragen. Die Sache schien mir nicht ganz geheuer, aber ich fuhr trotz alledem zu der angegebenen Adresse.

Obwohl ich mich zunächst leicht verfahren hatte, traf ich pünktlich um 20.00 Uhr in der rue Avenue 15 ein. Eine schmale Straße mit vielen verklinkerten Häusern. Die Nummer 15 lag etwas abseits am Ende der Straße. Ein dreistöckiges, solides Haus aus den 70er Jahren. Laut Klingelbelegung wohnten hier vier Mietparteien. Sabine Jones' Klingel befand sich rechts oben. Ich schellte.

„Hallo?“, krächzte eine Stimme aus dem Lautsprecher der Gegensprechanlage.

Ich hustete dreimal und ich hörte den Ton des Türöffners. Leicht drückte ich gegen die Haustür und stand kurz darauf in einem dunklen Hausflur. Ich tastete nach dem Lichtschalter, fand ihn auch relativ schnell und begab mich in die zweite Etage.

Sabine Jones stand vor der geöffneten Wohnungstür.

Sie trug ein aufregend grünes Kostüm, das mich unweigerlich an die Tochter des ehemaligen Bundespräsidenten Gustav Heinemann erinnerte.

„Kommen Sie ruhig herein, Sylvia“, sagte Sabine.

Ich betrat die Wohnung. Überall roch es nach Citrus, Weihrauch, Karamell und Thymian. Ein gedimmtes Licht in allen Räumen. Musik von Harfen und Bratschen, vermischt mit Wassertropfenklängen erfreuten mein Gehör. Der Korridor war geringfügig verbaut. Er war 24 Meter lang, aber nur einen Meter breit. Nach zwei Minuten erreichten wir am Ende des Flures ihr Wohnzimmer. Die Auswahl der Einrichtung zeugte von gutem Geschmack. 34 qm Wohnfläche, alles mit Naturholzböden ausgelegt, eine große Sitzgarnitur, ein Tisch aus massivem Buchenholz, ein traumhaft schönes Hängeregal von IKEA und eine ansprechende Blumendekoration im gesamten Raum.

„Nehmen Sie doch Platz, Sylvia", sagte sie, „ich glaube, ich habe Ihnen viel zu erzählen."

Sie ging in die Küche und brachte uns je ein Glas Cointreau, mit Apfelsaft verdünnt, mit. Wir stießen an.

„Sie können mich auch Bee nennen", sagte Sabine und umschlang meine Hand und gab mir einen Schwesterkuss.

„Ja nee, iss klar Biene!", dachte ich. Ich erwiderte den Schwesterkuss und sagte: „Ich heiße Sylvia, aber du kannst mich auch Sylvie nennen."

Kaum hatte ich den Satz ausgesprochen, erschrak ich.

Wie konnte ich nur dieser mir vollkommen fremden Frau das Du anbieten? Aber das war mir in meiner verworrenen Situation, ehrlich gesagt, vollkommen egal. Ich wollte einfach wissen, was hier abging.

Bee fuhr fort: „Weißt du, Sylvie, du bist so ziemlich genau vor einem Jahr in mein Leben getreten. Ich war auf Roman Schreiber angesetzt. Ich arbeite nämlich für den Britischen Geheimdienst. Wir hatten Roman schon lange im Visier. Wir wussten, dass er eine Formel besaß, die der PEC/NO noch fehlte. Sollte es der PEC/NO gelingen, in den Besitz dieses Papiers zu kommen, wäre es nur noch eine Frage der Zeit, wann diese Organisation die Gesamtherrschaft über unsere Gesellschaft hätte."

Ich unterbrach Bee. „Moment!! Ich höre immer PEC/NO. Wer zum Teufel verbirgt sich hinter dieser PEC/NO?"

Bee sagte: „Es tut mir leid, Sylvie, aber auch wir wissen noch nicht alles über diese Bande. Und es wäre zu früh, dir irgendwelche Gerüchte aufzutischen. Aber lass mich weitererzählen. Am 26.12. letzten Jahres stand ich im Kleiderschrank deines Schlafzimmers. Ich sah durch den leicht geöffneten Türspalt, wie du das Päckchen von Roman öffnetest. Ich sah, dass du die Konservendose gut versteckt hattest. Ich wollte, nachdem du den Brief, der dem Paket beilag, gelesen hattest, die Dose an mich nehmen. Du stelltest den Fernseher an, der Musikantenstadl lief. Und genau wie du, schlief ich auch direkt ein. Als ich wach wurde, war ich jedoch nicht mehr in deiner Wohnung, sondern ich befand mich auf einem Containerschiff, welches Plastikmüll nach Istanbul transportierte. Bis heute weiß ich nicht, wer mich aus dem Verkehr zog, aber ich vermute, dass da der KGB hintersteckte.

Nun magst du denken, solche Geschichten gibt es nur im Kino. In James-Bond-Filmen. Nein Sylvie, so ist unser Agentenleben. Ich gebe dir mal ein Beispiel. „Schau!", sagte sie und nahm ihr Zigarettenetui, öffnete es und schon ging der Fernsehapparat an.

„Schau", sagte Bee, drückte auf einen Knopf, der versteckt unter der Blumenvase installiert war und schon verwandelte sich der Dreisitzer, auf dem wir saßen, in ein riesengroßes Bett in Herzform.

Bee riss sich die grüne Kostümjacke vom Leib, pfiff zweimal kurz und dreimal lang und schon wurde die Beleuchtung heruntergefahren. Sie zog an einem Blatt der Yuccapalme und schon öffnete sich an dem Bett eine Schublade. In der Schublade stand ein Tablett mit zwei Glas geblendetem Whisky, eine Schachtel Zigaretten und ein Aschenbecher.

Ich lag rücklings auf dem Bett. Bee schaute mich lüstern an und zog auch noch ihren grünen Rock aus. Jetzt lag sie direkt neben mir. Ich konnte ihren Atem spüren. Nur noch mit einem schwarzen Sport-BH und einem lila Stringtanga bekleidet kam sie mir immer näher.

Ich hatte eine Gänsehaut.

Sie strich mir durchs Haar, biss zärtlich in mein linkes Ohrläppchen und knöpfte mir die Bluse auf.

Ich spürte ihre Zunge an meinem Adamsapfel.

Kurze Zeit später lagen wir uns, unbekleidet, Rücken an Rücken gegenüber. Ich verspürte eine unbändige Lust in mir aufsteigen.

Ich drehte mich um und massierte ihren zarten Rücken.

Sie genoss es anscheinend sehr und erwiderte meine Zärtlichkeiten.

Sie drehte mich um und knabberte an meinen Brustwarzen und wir liebkosten uns an Stellen, die noch nie zuvor von einem Mann liebkost wurden. Bee brachte es perfekt auf den Punkt. Auf den G-Punkt. Wir liebten uns zwei Stunden lang und gerieten dabei in Ekstase.

Völlig erschöpft lagen wir anschließend eng umschlungen in dem großen, herzförmigen Bett. Wahre Liebe gibt es wohl tatsächlich nur unter Frauen, konstatierte ich und kuschelte mich noch näher an die Frau, die ich erst heute Nachmittag kennen gelernt hatte, an. Bee schob eine CD von Metallica in den Player, wir sangen den Refrain lauthals mit und liebkosten uns von Neuem. Danach griff sie nach meiner rechten Hand, half mir aus dem Bett und führte mich in die in intimem Licht erleuchtete Küche.

„Sylvia“, sagte sie, „jetzt kommt der Höhepunkt!“

Nackt wie sie war, ging sie an den Vorratsschrank.

Sie dimmte das Licht noch mehr hinunter, hielt mir mit einer Hand die Augen zu und reichte mir mit der anderen Hand einen Gegenstand. Es fühlte sich an wie eine …

„Sag jetzt nichts, Sylvia!“

Ich öffnete die Augen und sah, dass Bee mir eine halbreife Banane in die Hand gedrückt hatte. Auch sie selbst hatte eine Südfrucht, schätzungsweise 28 cm lang, in der Hand. Nun löschte sie das Licht ganz, gab mir einen Kuss auf die Stirn, drückte sanft auf meine rechte Pobacke und flüsterte mir ins Ohr:

„Jetzt geht es los, meine Liebste. Wir werden nun die Bananen abschälen. Schön langsam. Sie sind noch nicht ausgereift, also sind sie schön handlich. Ganz langsam!“

Wir schälten die Bananen ab.

„So, Sylvia, nun lass uns diese göttlichen Früchte einführen."

Sie griff meine Hand, in der ich die Banane hielt, und vorsichtig führte ich die Banane unter Mithilfe ihrer Hand ein.

„Du kannst ruhig noch etwas nachschieben", sagte Bee.

Ich drückte noch etwas nach und nur kurze Zeit später floss der Saft.

Bee holte uns zwei Gläser und schüttete uns den Bananensaft aus dem Entsafter ein. Es schmeckte köstlich.

Wir rauchten noch die berühmte „Zigarette danach", gingen wieder ins Bett und schliefen ein.

Keine Stunde später wurde die Wohnungstür eingetreten. MP-Salven dröhnten durch die Nacht. Bee hatte jedoch noch ein Schmankerl vom Geheimdienst in der Hinterhand. Sie drückte auf ihrem Handy eine bestimmte Tastenkombination und die Wohnzimmerdecke öffnete sich.

Sie hob beide Sessellehnen um 90 Grad nach oben und zwei große Luftballons füllten sich in Sekundenschnelle mit Gas. Wir ergriffen die Bindfäden an den Ballons und schwebten in Richtung Wolken, die der Sonne schon ein klein wenig Raum gegeben hatten.

Nach 30 Minuten Ballonfahrt geschah etwas Unvorhergesehenes. In 250 Meter Höhe flogen wir über ein kleines Dorf in den Ardennen. Bees Ballon wurde von einem Schuss getroffen.

Warum musste auch ausgerechnet heute in aller Herrgottsfrühe Schützenfest sein?

Ich sah nur noch, wie Bee mit ungeheurer Geschwindigkeit hinabstürzte. Meine arme Bee! Es half alles nichts. Keine Zeit für Sentimentalitäten.

Ich flog noch zwei Stunden weiter.

Der Wind hatte sich gedreht.

Unter mir sah ich Brüssel näher kommen. Das Atomium, die Pralinen und die Pommes frites. Alles war wahnsinnig klein.
Weitere zehn Minuten später ließ ich etwas Luft ab. In 600 Meter Entfernung sah ich ein Bett im Kornfeld stehen. Fast punktgenau landete ich dort und legte mich erst einmal für ein Stündchen aufs Ohr.

Als ich wieder aufwachte, kornten um mich herum Schafe. Ein deutscher Schäferhund und ein belgischer Schäfer standen plötzlich vor mir.
Der Hund bellte und der Schäfer war kurz angebunden. „Verpiss dich, du Kuh", sagte er zu mir.
Vermutete ich jedenfalls, denn mein Französisch war nicht sonderlich gut.
Aber mit diesem belgischen Akzent hätte es auch „Merci beaucoup" heißen können.
Trotzdem zeigte ich ihm den Stinkefinger und entfernte mich.
Da ich keine Lust hatte, mich wieder zurück in mein Exil zu begeben, tauchte ich für die nächsten drei Monate unter.
Irgendwann sperrte mir der BND das Konto und ich war schier verzweifelt, da ich nicht wusste, was ich jetzt tun sollte. Ich irrte quer durch Belgien. An einem kalten Dezembertag spazierte ich wahllos über eine Landstraße.
Plötzlich sah ich ein Ortsschild auftauchen. Ich befand mich in Eupen in der Provinz Lüttich. Der kleine Ort lag direkt an der deutsch-belgischen Grenze.
In Eupen war gerade Weihnachtsmarkt. Als es dunkel wurde, gingen die Laternen an und die Weihnachtsbeleuchtung, schlicht, aber zweckmäßig, erstrahlte in vollem Glanz. In der Innenstadt reihten sich Glühweinstände an Pommesbuden, Pommesstände an Glühweinbuden und Glühweinstände an Pommesständen. Irgendwie recht einfallslos.

Ich bog schließlich in eine Nebenstraße ein. Ein Polizeiauto stand vor einem Reihenhaus. Ich schlenderte durch die nächste Nebenstraße. Ein Feuerwehrwagen stand vor einem Reihenhaus. Ich ging weiter wahllos durch die kleine Grenzstadt.

Ich hatte weder Papiere noch Geld oder sonst etwas dabei.

Was tun?

Ich begab mich zum Bahnhof.

Im Grenzgebiet sprachen Gott sei Dank sehr viele Menschen Deutsch.

Ich ging zur Bahnhofsmission. Ohne Fragen nach Nationalität, Farbe, Religion, Größe und Gewicht erhielt ich problemlos ein Nachtquartier.

Ich schlief lange und fest.

Nach einem leckeren Käsebrot am nächsten Morgen, es war zwei Tage vor Heiligabend, ging ich zur Polizei. Ich beschloss, mich als Annegret Richter, meine letzte Identität, vorzustellen. Ein netter junger Beamter nahm meine Daten auf und verglich sie mit denen in seinem Personal Computer. Danach griff er zum Telefon.

„Einen kleinen Moment noch, Frau Richter“, sagte er und keine fünf Minuten später öffnete sich die Tür und drei Männer mit Sonnenbrillen betraten den Raum und baten mich freundlich, ihnen in ein anderes Zimmer, direkt hinter der Ausnüchterungszelle, zu folgen.

Die drei Herrschaften entpuppten sich als die Chefs des Benelux-Geheimdienstes. Piet Caspar aus Belgien, Frans David aus den Niederlanden und Joseph Melchior aus Luxemburg.

„Frau Stuben“, sagte Caspar, „Frau Richter“, sagte David und Melchior schwieg zunächst.

Dann sagte er jedoch: „Danke, meine Herren, das reicht!“

Die Geheimdienstler zogen sich für 15 Minuten in die Kantine zurück und beschlossen, mir mal wieder eine neue Identität zu verpassen. Ich erhielt nagelneue Papiere und hieß plötzlich Marilyn Armstrong.

Jeder der Benelux-Beamten hatte einen großen Briefumschlag in der Hand. Ich sollte mich für einen entscheiden. Ich nahm den Umschlag von Herrn Melchior an mich. Ich öffnete den Umschlag und fand ein Billigflugticket nach Edinburgh und Hotelgutscheine im Wert von 1 400 Euro darin.

Na ja, immerhin hatte ich nicht die Niete gezogen.

Laut Ticket ging mein Flieger um 14.00 Uhr ab Amsterdam.

Ein Wagen brachte mich ins benachbarte Holland zum Flughafen.

In Schiphol waren die Sicherheitsmaßnahmen nach einem Sprengstoffanschlag in der letzten Woche noch einmal drastisch erhöht worden. Ich checkte ein.

Der Geheimdienst hatte gute Arbeit geleistet. Kein Problem bei der Passkontrolle. Ich gab meinen Koffer, den mir der Geheimdienst mit den nötigsten Sachen gefüllt hatte, ab und stellte ihn auf die Waage. 19,89 Kilogramm, gerade noch unter der Freigepäckgrenze. Ich war schon auf dem Weg zu Gate 7, da rief mich der holländische Abfertigungsbeamte zurück.

„Mijnfrouw, u heeft dat sackje vergeten!“

„Welchen Sack?“, fragte ich mich, sah aber, dass der Abfertiger auf meinen Koffer deutete und musste feststellen, dass auch alle anderen Mitreisenden ihre Koffer, nachdem sie durchleuchtet worden waren, wieder in Empfang nahmen. Es handelte sich also um einen Extrembilligflug.

Aber gut, der Trip nach Edinburgh kostete auch gerade mal 19,99 Euro. Dazu kamen dann noch Kerosinzuschlag, Flughafengebühr, Sicherheitsaufschlag und weitere zwölf Gebühren, die man im Kleingedruckten der AGB hätte finden können. Trotzdem hielt ich den Gesamtpreis von 449,50 Euro für okay.

Gate 7 öffnete sich und eine russische Tupolev, Baujahr 1948, stand in drei Kilometern Entfernung auf dem Rollfeld.

Nach einem Spaziergang erreichte ich nach 20 Minuten den Flieger.

Aber wo befand sich die Gangway?

Welche Gangway?

Eine normale Holzleiter aus dem Baumarkt diente als Einstieg.

Als ich endlich im Flieger war, wollte ich mich erst einmal hinsetzen.

Setzen?

Wohin?

Es war ein reiner Stehplatzflug.

Knapp 750 Mitreisende hielten sich an Teppichstangen, die quer durch die Maschine angebracht waren, fest.

Mit einer geringfügigen Verspätung von vier Stunden hob die Maschine endlich ab. Der Flug verlief erstaunlicherweise recht ruhig und gegen 22.00 Uhr landeten wir trotz des unüblich starken Nebels in der schottischen Kulturhauptstadt Edinburgh.

Während des Fluges hatte ich, auch bedingt durch die Enge im Flieger, keine Möglichkeiten, in den zweiten Umschlag zu schauen, den mir der luxemburgische Geheimdienstler zugesteckt hatte.

Nach dem Auschecken setzte ich mich in eine kleine Raucherecke im Ankunftsbereich des Flughafens und öffnete das Kuvert. In dem großen Umschlag lag ein weiterer, jedoch etwas kleinerer Umschlag.

„Reiseunterlagen für Frau Marilyn Armstrong" stand in großen Lettern auf der Hülle.

„Marilyn Armstrong?", fragte ich mich. Ach ja, das war ja nun mein neuer Name.

Zumindest für meinen Schottlandaufenthalt. In einer Straßenkarte von Schottland, einschließlich der Hebriden, war eine Reiseroute mit gelbem Textmarker eingezeichnet.

Weiter fand ich einen von mir als Marilyn Armstrong unterzeichneten Mietvertrag für einen Leihwagen. Also begab ich mich als Erstes zu einem international bekannten Autovermieter, stellte mich in einer endlos langen Schlange an und erhielt Schlüssel und Papiere für einen Opel Corsa. Die Autos der Verleihfirmen befanden sich etwas außerhalb des Flughafens und so musste ich per Shuttlebus zum Parkplatz fahren. Die gut bewachte Anlage erstrahlte in gelbem Flutlicht. Nach nur zwei Minuten fand ich meinen Leihwagen, öffnete die linke Tür und wunderte mich, dass der Wagen kein Lenkrad besaß. Mir fiel jedoch sofort wieder ein, dass im Britischen Königreich Linksverkehr herrschte, stieg wieder aus, öffnete die rechte Seitentür, fand ein ordentliches Steuerrad vor und versuchte, mich mit Gas, Bremse, Tank und Licht vertraut zu machen.

Auf dem Rücksitz lagen zwei Umschläge.

Auf dem ersten stand „Technical Instructions“, auf dem zweiten „Nach dem Lesen bitte sofort vernichten!“.

Die technischen Instruktionen scherten mich einen Teufel, schließlich liebte ich „learning by driving“. Den zweiten Umschlag öffnete ich sofort.

„Hallo Frau Stuben“, stand dort handschriftlich geschrieben, „wenn Sie Roman treffen wollen, halten Sie sich an die Fahrtroute, die Sie in Belgien mit auf den Weg bekommen haben. Sie werden mich dann irgendwann unterwegs treffen, und zwar dort, wo Sie es nicht erwarten. Sonst wäre es ja keine Überraschung. Wir werden dann alles Weitere besprechen. Und jetzt vernichten Sie diesen Brief, so schnell Sie können. Wir alle befinden uns in größter Gefahr. Bis dahin verbleibe ich mit freundlichen Grüßen Ihr Paul Mosek.“

Zum ersten Mal erfuhr ich, dass Mosek einen Vornamen besaß. Paul. Bislang kannte ich ihn nur als Metzgermeister Mosek. Ähnlich wie Bahnchef Mehdorn, dessen Vorname mir beim besten Willen nicht einfiel.

Ich studierte nun die Straßenkarte.

Mein erstes vorgegebenes Ziel war die Stadt Braemar.

Von hier aus in gut drei bis vier Stunden zu erreichen.

In der Nähe von Braemar befand sich ein wunderschönes Schloss. Balmoral Castle. Eine Ferienwohnung von Königin Elisabeth II.. Ich erinnerte mich, dass ich im Fernsehen einmal einen Bericht über die Queen gesehen hatte, in dem erwähnt wurde, dass die Königin gerne die Tage zwischen Weihnachten und Neujahr dort verbringe. Und anscheinend war das auch in diesem Jahr wieder der Fall.

Kurz bevor ich Braemar erreichte, wurde ich von einer Polizeistreife an den Fahrbahnrand gewunken. Ich sagte, dass ich nichts getrunken hätte, den Jahreswechsel in Schottland verbringen wollte und wurde mit einem „Have a good New Year" zur nächsten Kontrolle durchgereicht. Es war zwar etwas nervig, aber am Morgen des 28. Dezember erreichte ich endlich die kleine Stadt Braemar.

Kopfsteinpflaster, eine Ampel, eine kleine Kirche und ein Hotel, das gleichzeitig das einzige große Restaurant im Ort war.

Das war also das Zentrum von Braemar. Ich parkte auf einem öffentlichen Parkplatz, der sich direkt vor dem Rathaus, bestehend aus Rathaus, Stadtbücherei, Souvenirshop und Heimatmuseum, befand, stieg aus und atmete tief durch. Ein Geruch von abgestandenem Frittieröl erreichte meine Nase und ich bekam Hunger. Etwas weiter links vom Parkplatz sah und roch ich die führende Fish-&-Chips-Bude des Ortes, vergleichbar mit einer Grillstube an der Castroper Straße in Bochum, neben dem Ruhrstadion. In dicken Letraset-Buchstaben konnte man auf der Scheibe „Open from 8.00 to 8.00" lesen. Bedingt durch den Aufenthalt der Queen hier in der Nähe, waren viele Soldaten der RAF, die die Königin beschützen sollten, auf den Beinen.

Aber außer den Touristen und den immer gleichen Monarchiegegnern schien sich kein Mensch dafür zu interessieren, dass Her Majesty, the pretty nice girl, hier in der Nähe weilte.

Nachdem die letzten Soldaten gegen 10.00 Uhr wieder in den Kasernen in der Umgebung verschwunden waren, fuhr ein alter Aston Martin auf den Parkplatz und hielt direkt neben mir.

Ich saß wieder im Auto und schaute eher beiläufig nach rechts aus meinem Wagenfenster und sah, dass die Königin höchstpersönlich ausstieg, um sich zum „Hungry Highlander", so der Name der Fish-&-Chips-Bude, zu begeben.

Ich ließ es darauf ankommen, kurbelte die Fensterscheibe herunter und sagte:

„Vielleicht klingt es ja vermessen, Lady, aber einer meiner größten Kindheitsträume war schon immer, einmal in meinem Leben königlich zu frühstücken. Könnten Sie mir freundlicherweise einen Hamburger Royal XXL und eine Tüte Pommes mitbringen?"

Die Queen schien amüsiert. Sie öffnete die Beifahrertür meines Corsas und setzte sich neben mich auf den Beifahrersitz. Sie schnippte mit Daumen und Zeigefinger, schrieb handschriftlich meine und ihre Essenswünsche auf ein Blatt Papier, versehen mit Wasserzeichen und Siegel des Königshauses. Ein Mann, ungefähr 40 bis 45 Jahre alt, mit sehr großen Ohren, kam ans Seitenfenster, nahm unsere Bestellung entgegen und kehrte bereits kurze Zeit später mit drei umweltfreundlichen, gut gefüllten Recyclingtüten zurück.

Elisabeth und ich nahmen das königliche Frühstück ein und wir talkten noch etwas small. Zum Schluss überreichte sie mir ihre Visitenkarte und wünschte mir noch einen angenehmen Aufenthalt.

„Ich wünsche Ihnen noch viel Spaß in meinem Königreich und genießen Sie die wunderschöne Landschaft", sagte sie, wedelte noch viermal mit der linken Hand, öffnete die Beifahrertür und stieg aus. Ich bemerkte, dass die Queen unter ihrem schönen Seidenrock billige Turnschuhe trug.

Zwei Hubschrauber, die während der gesamten Zeremonie über dem Parkplatz kreisten, entfernten sich ebenso schnell wie Her Majesty.

Ich kniff mich in den Arm. Aber nein! Ich wurde nicht wach, also konnte es kein Traum gewesen sein. Ich machte mir keine weiteren Gedanken, sondern freute mich auf meine Schottlandrundreise, die noch viel spannender werden sollte.

Gegen 14.00 Uhr checkte ich in meiner ersten Unterkunft ein.

Unweit des Parkplatzes, in einer kleinen Nebenstraße, lag meine B-&-B-Unterkunft. Im ersten Stock, auf der rechten Seite des Korridors, befand sich mein Zimmer. Die Toilette war direkt auf der gegenüberliegenden Seite des Flurs zu finden. Alles war zweckmäßig eingerichtet und sehr sauber. Auch das Besitzerehepaar war außerordentlich freundlich.

Am nächsten Morgen begab ich mich zum Frühstück in den Frühstücksraum. Es gab Fish & Chips, Cornflakes, Tee und Toast mit Marmelade.

Am Tisch gegenüber nahm ein jüngeres Ehepaar Platz.

Ich sagte freundlich „Good Morning“, der schwarzhaarige Mann erwiderte den Gruß und seine Frau guckte mich nur grußlos an.

Nach dem Frühstück packte ich meine Sachen, lud das Gepäck ins Auto, um zügig zu meinem zweiten vorgegebenen Ziel, Invergordon, aufzubrechen. Invergordon liegt im Nordosten Schottlands. Direkt an der Nordsee. Über Grandown-on Spey, ein schmuckes Örtchen, fuhr ich, Inverness links liegen lassend, ins Zentrum von Invergordon ein.

Nicht unbedingt hübsch, dafür aber potthässlich. Direkt nach dem Ortseingangsschild sah man an der rechten Seite Fördertürme aus dem Wasser in der Nordsee herausragen. Den Ort selbst konnte man getrost vergessen. Aber meine nächste Unterkunft wurde mir als äußerst geschichtsträchtig angepriesen.

Nachdem ich mich viermal verfuhr, fragte ich einen älteren Mann nach dem Weg zum Schloss. Er sprach ein slangverseuchtes Schottisch, aber ich konnte anhand seiner wilden Gesten erkennen, dass das Anwesen ganz in der Nähe liegen musste.

Nach einer Viertelstunde erreichte ich dann mein neues Quartier. Ein gewisser Ben Smuddel, vermutlich der Verwalter des ein wenig in die Jahre gekommenen Schlosses, begrüßte mich und half mir, das Gepäck in die erste Etage zu transportieren. Das Gebäude roch zwar sehr muffig, aber es war schon imposant anzuschauen. Er führte mich in mein Zimmer. Wow!! Ein Doppelbett, 4 x 4 Meter groß, stand direkt vor einem Fenster. Ich zog die Jalousien herauf und hatte einen herrlichen Ausblick auf die dämliche Bohrinsel, die hell beleuchtet in der Nordsee stand.

Im Bett lag, wie in vielen Betten in Schottland, aufgrund der dort häufig herrschenden Feuchtigkeit, eine elektrische Heizdecke. Da ich dem Braten jedoch nicht traute und ich nicht wusste, ob mir jemand eine Falle stellen wollte, vermied ich den Kontakt des Steckers der Heizdecke mit der Steckdose. Das Bett war sehr feucht, aber man konnte herrlich darin schlafen.

Um 7.00 Uhr ging ich am nächsten Morgen die knarrenden Holzstufen zum Frühstücksraum herunter. Ben Smuddel saß bereits mit seiner Frau oder seiner Freundin am Tisch im Gesinderaum, raunzte freundlich „Morning Lady“ und bat mich an den 12 x 2 Meter großen Tisch aus Teakholz furniert. Vermutlich stammte er noch aus dem 17. Jahrhundert.

Ich trank einen Tee, aß zwei Scheiben Toast mit Cheddar-Käse, bezahlte mit Kreditkarte und musste kurz überlegen, welchen Namen ich im Moment benutzte. Mir fiel es jedoch recht schnell ein, ich unterschrieb mit Marilyn Armstrong und setzte meine Rundreise fort.

Mein nächstes Ziel war Tongue. Hoch oben in den schottischen Highlands.

Ich hätte laut Plan durchaus die schnelle Variante über gut ausgebaute Straßen wählen können, aber ich bog instinktiv bereits bei Dornoch ab, wo ich mich noch eine Stunde aufhielt und versuchte, schnurstracks durchs Landesinnere auf Landstraßen nach Tongue zu gelangen. Kaum dass ich in eine Straße eingebogen war, die plötzlich immer enger wurde, überlegte ich, ob es wirklich eine kluge Entscheidung gewesen war, diesen Weg zu benutzen. Ich befand mich nämlich auf einer der berüchtigten schottischen einspurigen Landstraßen, den so genannten Single Track Roads.

Der Platz reicht gerade einmal für ein Auto. Ungefähr alle 200 bis 300 Meter gibt es Ausweichstellen, die mit einem „Passing Place"-Zeichen markiert sind. Das hat aber nichts mit Parkplatz zu tun, sondern heißt schlicht und einfach „Passing Place", wird aber gerne von Einheimischen und Touristen als „Pissing Place" missbraucht. Die Landschaft um mich herum war traumhaft schön. Immer wieder saftiges, sattgrünes Gras, zwischendurch kleine bis große Seen, genannt Loch. Löcher gibt es in Schottland noch und nöcher.

Außerdem trifft man immer wieder auf Hasen, Schafe und Karnickel. Die Fahrt verlief bis zur Ortschaft Lairg ohne nennenswerte Zwischenfälle.

Links vor Dalchark, einem verschlafenen Dorf, erstreckte sich das Loch und dann ging es in Richtung A 836 hoch in Richtung Tongue. Kurz vor Altnaharra ragte der Ben Kilbreck, Ben heißen übrigens alle Berge Schottlands mit Vornamen, in die Höhe. Ein Gebirge, immerhin 962 Meter hoch. Danach wurde die enge Straße noch enger.

Innerhalb der letzten zwei Stunden kamen mir höchstens fünf bis sechs andere Autos entgegen. Durch die Passing-Place-Regelung ging jedoch alles ohne Probleme über die Bühne. Doch plötzlich, direkt hinter einer nicht einsehbaren Kurve, kam mir ein Wohnmobil entgegen. Im letzten Moment konnte ich bremsen und kam fünf Zentimeter vor dem Vehikel zum Stehen. Ich stieg aus und auch aus dem Caravan kam eine Person auf die schmale Straße. Ein kleiner, schwarzhaariger Giftzwerg, vermutlich Sizilianer, beschimpfte mich auf Italienisch. Ich ließ ihn gewähren, stieg wieder in meinen Corsa und stellte mich auf ein kleines Spielchen ein. Wenn dieser italienische Hitzkopf glaubte, ich würde rückwärtsfahren, hatte er sich geirrt. Seine dünne Frau und seine dicke Mama stiegen nun auch aus dem Wohnwagen und versuchten, den tobenden Südländer zu beruhigen. Schließlich pokerten wir, wer rückwärts zum nächsten Passing Place fahren musste, und ich gewann.

Nach zirka einer Stunde konnte ich die Fahrt fortsetzen.

Ich passierte die drei kleinen Italiener und träumte von Napoli. Die Landschaft wurde immer bizarrer. Sonne und Regen wechselten nahezu im Minutentakt, immer wieder tauchten Regenbögen am Himmel auf. Die Berge, die Täler und die Schafe erstrahlten in immer wieder neuen Farbnuancen. Langsam begann es zu dämmern, aber es waren auch nur noch rund sechs Kilometer bis Tongue.

Bevor ich die Passhöhe erreichte, fuhr ich an einer Telefonzelle, die einsam und allein mitten in den Highlands stand, vorbei.

„Das wäre jetzt eine Gelegenheit, bei Willi anzurufen“, dachte ich.

Ich stellte den Wagen auf einer kleinen Einbuchtung vor der Zelle ab und wollte noch einmal in aller Ruhe den Blick hinunter ins Tal genießen. Ich ging noch ein paar Schritte zu Fuß und erreichte die kleine Anhöhe vor dem Telefonhäuschen. Fast dort angekommen, glaubte ich, meinen Augen nicht zu trauen. Vor der Telefonzelle stand ein weißer Fiat Fiorino, mit dem man zwar 36 Bierkästen transportieren kann, der sich aber ansonsten hauptsächlich in Werkstätten aufhält. Je näher ich an den Wagen kam, desto mehr verhärtete sich mein Verdacht. Hatte nicht auch Mosek früher einen solchen Kastenwagen gefahren?

Ich konnte es kaum glauben. Auf dem Fiat stand mit frisch lackierten Buchstaben „Butcher Mosek – Finest food – Best German Quality – Ham & Eggs & Bacon".

Obwohl mir eigentlich nicht nach Scherzen zu Mute war, übersetzte ich innerlich: „Fleischer Mosek – feilt an deutscher Qualität – aus Hamm & Essen & Bochum".

Ich warf einen Blick in die Telefonzelle.

Er war es leibhaftig. Paul Mosek oder Butcher Mosek, wie er sich jetzt nannte. Er verließ die Telefonzelle, kam auf mich zu und sagte: „Hi, how are you? Is everything okay?"

„Herr Mosek", erwiderte ich, „was soll der Scheiß? Mich würde vielmehr interessieren, was Sie hier, am Arsch der Welt, der mir zugegebenerweise sehr gut gefällt, machen?"

Mosek blickte sich in der Einsamkeit der Landschaft um. Da weit und breit kein Baum, kein Gebüsch oder sonstige Versteck bringende Bauten zu sehen waren, konnte er frei sprechen.

„Frau Stuben", flüsterte er, „es ist unglaublich. Was Roman erfahren hat, spottet jeder Beschreibung. Ich will gar nicht mehr dazu sagen, schlage Ihnen aber vor, dass Sie in Tongue noch ein wenig weiter westwärts fahren, an der ersten Kurve links in eine Straße abbiegen, die einem gewissen Lorries Turning gehört. So steht es jedenfalls auf dem Hinweisschild an der Abzweigung. Nach weiteren 200 Metern fahren Sie dann bis vor ein Eisentor. Dieses können Sie problemlos öffnen, da es nur angelehnt ist. Sie stellen dann Ihren Wagen vor der ehemaligen kleinen Kirche auf dem Kiesparkplatz ab, gehen die letzten 50 Meter zu Fuß, streicheln den Hund, der Sie bellend in Empfang nehmen wird, 15 bis 20 Mal und schon sind Sie in Ihrer nächsten B-&-B-Unterkunft angekommen. Dieses Haus wird von den Geschwistern Peter, Paul und Mary Rose geleitet. Sagen Sie nur, dass Sie auf Empfehlung von Mister Mosek kommen, und klopfen Sie viermal auf den Elchkopf, der über der Küchentür hängt. Die Schotten halten dann dicht, weil sie dadurch wissen, wer Sie sind. Sie müssen mich aber jetzt entschuldigen, ich muss noch Geld verdienen."

Mosek stieg in seinen Fiorino, der auch nach 15 Minuten ansprang, und fuhr in Richtung Norden in ein kleines Dorf, um die acht Bewohner mit deutschen Spezialitäten zu versorgen. Ich kam gar nicht mehr dazu, Mosek nach dem Grund zu fragen, was ihn denn hierher in die schottischen Highlands verschlagen hatte.

Es wurde immer dunkler, also fuhr ich schnell weiter.

Nach ungefähr zehn Minuten Fahrt lag etwas abseits die Herberge, die Mosek mir empfohlen hatte. Ich stellte das Auto auf dem Kirchenparkplatz ab und stieg aus.

Ein güldener Retriever mit lang heraushängender roter Zunge kam bellend auf mich zu. Da ich wusste, dass er nur gestreichelt werden wollte, streichelte ich ihn 15 Mal und er lief bis zur Rezeption vor mir her. Ich betätigte den Türklopfer, ein grünes Froschgesicht, der in der Mitte der Tür angebracht war. Es klopfte zurück. Ich klopfte noch einmal und schon öffnete sich die Tür wie von Geisterhand.

Ein lieblicher Duft von Liebstöckelkraut, Maggi, Knorr, Fondor und Kräutern der Provinz kam mir entgegen.

Eine Frau mit einer riesigen Kochmütze auf dem Kopf stand vor mir und hielt mir ihre fettige rechte Hand entgegen.

Ich griff zu, schüttelte dieselbige und radebrechte auf Englisch, dass Mister Mosek mich hierhin vermittelt hätte. Dann ging ich zur Küchentür und klopfte viermal auf den Elchschädel, der über der Tür hing. Die kleine Frau mit der großen Kochmütze strahlte, bat mich ins Haus und sagte in akzentfreiem Deutsch: „Da wird sich aber jemand freuen. Willkommen in Schottland, liebe Sylvia! Mein Name ist übrigens Mary."

Zum ersten Mal seit langer Zeit wurde ich mal wieder mit meinem richtigen Namen angesprochen und ich lächelte die unscheinbare Person an.

„Komm und folge mir unauffällig“, sagte Mary Rose.

Ich war mir absolut sicher, dass ich diesen Namen schon einmal gehört hatte. Wir gingen durch einen wunderschönen Wintergarten. Überall blühten Blumen. Hinter dem Raum, der nachträglich angebaut worden war, roch es wieder typisch schottisch. Also muffig. Eine Wendeltreppe führte uns in den ehemaligen Keller der kleinen Kirche, auf deren Parkplatz mein Auto stand.

Mir wurde fast schwindelig. Ich zählte die Stufen innerlich mit. Nnach exakt 436 Stufen erreichten wir den Raum, der 120 Meter tief unter der Kirche lag.

Eine sagenhafte Atmosphäre. 250 Quadratmeter groß und 80 Meter hoch. Tropfsteine hingen herab, andere wuchsen in die Höhe. Alles war in gedämmtem Neonlicht erhellt. Ein sakrales Gefühl stieg in mir auf.

Plötzlich öffnete sich eine Wand und eine kleine Bühne aus Marmor, Stein und Eisen wurde sichtbar. Auf dieser Bühne saß ein Mann mit dunkler Sonnenbrille und mit einer weißen Perücke vor einem Piano und spielte „Another brick in the wall“ und anschließend „Karamba, Karacho, ein Whisky“.

Die Bühne wurde wieder mechanisch eingefahren und ein Scheinwerferkegel leitete meinen Blick auf die äußerste rechte Ecke dieser sagenhaft schönen Höhle. Auf einem Thron aus Weißgold saß ein Mann, der mir bekannt vorkam. Verdammt bekannt!

Ich rieb mir die Augen und schritt nahezu majestätisch auf die Person zu.

Er trug eine zackige Krone, hatte eine selbst gedrehte Zigarette im Mundwinkel hängen, blies mir den Qualm ins Gesicht und sagte cool:

„Hallo Sylvie, ich hoffe, es geht dir gut!“

Ich bemerkte, dass meine Knie wackelig wurden, und brach anschließend zusammen.

Ich weiß nicht, wie lange ich bewusstlos blieb.

Als ich wieder aufwachte, lag ich zusammen mit Roman Schreiber in einem wahnsinnig großen Bett, verziert mit Bronzefiguren aus dem 15. Jahrhundert und ausgelegt mit neuen Matratzen aus dem Dänischen Bettenlager.

Roman hatte mir zum Aufpäppeln einen Energy-Drink mit Wodka gemixt. Ich trank hastig und nach kurzer Zeit ging es mir schon wieder besser.

Ich blickte Roman lange und still an. Von oben bis unten, von links nach rechts, von vorne bis nach hinten. Wie hatte ich mich nach diesem Augenblick gesehnt!

„Sylvia, ich weiß, dass du viele Fragen hast, aber bevor ich dir diese beantworte, lass uns", er machte eine Pause, „lass uns, du weißt schon!"

Und ob ich wusste.

Wir fielen übereinander her und liebten uns in allen denkbaren und undenkbaren Positionen. Hätte es an diesem Tag eine Weltmeisterschaft im „Du weißt schon" gegeben, wir hätten zumindest in der Kür neun Mal die 6,0 erhalten. Aber gottlob waren weder Zuschauer noch Kampfrichter anwesend.

Nach sieben Stunden Wettkampf schliefen wir völlig erschöpft, Rücken an Bauch und Bauch an Rücken gekuschelt, ein.

Schon um 7.30 Uhr am nächsten Morgen wurden wir durch Romans Handy geweckt.

Eine polyphone „Die Internationale" beendete abrupt unseren Schlaf.

Geschwächt durch die durchliebte Nacht, war uns beiden nach einem kräftigen Frühstück.

Roman klingelte mit einem kleinen Glöckchen und nach einer Stunde kam ein taubstummer Diener, rollte uns auf einem Rollwagen ein Essen auf Rädern vors Bett.

Roman bedankte sich, indem er „Thk U“ auf einen Zettel schrieb. Der Diener grinste fröhlich und verschwand im weiten Rund. Roman aß Rühreier mit Speck, ich aß Toast mit Marmelade.

Nachdem wir über zwei Stunden ausgiebig gefrühstückt hatten, sagte Roman:

„So Sylvie, ich weiß, du hast viele Fragen, aber bevor ich sie dir alle beantworte …“

Ja, ich wusste. Das gleiche Spielchen wie gestern begann von Neuem.

Aber ein bisschen Spaß muss sein. Da der taubstumme Diener nur halbtags arbeitete, musste ich das Mittagessen selber kochen.

Der Kühlschrank war mit den notwendigsten Sachen gefüllt, sodass ich uns einen falschen Hasen braten konnte.

Nach dem Mittagessen war ich schneller als Roman und sagte, bevor er was sagen konnte:

„Roman, ich habe in der Tat verdammt viele Fragen und die möchte ich jetzt wirklich beantwortet haben.“

„Na gut, Sylvie“, begann er, „dann fang ich mal ganz von vorne an. Am Anfang schuf ich Himmel und Erde.“

Ich musste lauthals lachen und schaute Roman in seine wunderschönen Augen, die mich verschmitzt anlächelten. „Soso, mein kleiner Gott“, erwiderte ich, „und danach hast du dich am siebten Tag ausgeruht und dir ein Pfeifchen gestopft.“

Nun musste Roman lachen.

Er wurde aber sehr schnell seriös und berichtete mir nahezu alles über seine Vergangenheit.

Durch seine Stasi-Zugehörigkeit gelangte er unter anderem durch eingekaufte BRD-Geheimdienstler immer wieder an Informationen, die die PEC/NO als Drahtzieher zwischen Machenschaften von Industrie und Politik entlarvten. Vor dem Mauerfall wurden Milliardensummen in den Osten geschleust.

Alles durch die PEC/NO veranlasst. Kopf der PEC/NO, so erzählte Roman, sei eine gewisse Karin Schnöder. Diese Frau Schnöder saß in allen Aufsichtsräten der 50 führenden Weltkonzerne und bestimmte somit auch die Weltpolitik. Karin Schnöder leitete also das größte Familienunternehmen der Welt. Karin Schnöder hatte eine harte Kindheit hinter sich. Sie hatte als 4-Jährige einen Kaufmannsladen zu Weihnachten geschenkt bekommen, aß den Puffreis aus allen Verpackungen, verschloss diese wieder mit unsichtbarem Alleskleber und verkaufte ihren Spielkameraden Luft. Die meisten bemerkten den Betrug sofort und beschwerten sich.

Karin Schnöder kostete das aber nur ein mildes Lächeln und schlug allen Kindern, die sich beschwerten, die Zähne ein.

Sie quälte ihre Meerschweinchen und stach manchen sogar die Augen aus.

Sie warf ihre Oma vom Balkon und erschoss mit zwölf Jahren ihre Eltern beim Geschlechtsverkehr.

Sie wurde dann in ein Heim eingewiesen, hatte mit 18 die gesamte Heimleitung auf dem Gewissen und erklärte sich mit 20 Jahren zur Heimleiterin.

Aufgrund dieser Qualifikationen bewarb sie sich unter anderem bei einem der führenden Kredit-Institute. Mit 24 Jahren besaß sie bereits vier eigene Unternehmen und wurde im Alter von 25 Jahren in den Vorstand einer großen deutschen Volkspartei gewählt.

Durch die entstandenen Beziehungen zur Industrie gelang es ihr, nach drei weiteren Jahren an die Spitze eines großen Energiekonzerns zu gelangen.

Bedingt durch ihre schwere Kindheit, kam es immer wieder zu Rückschlägen, die ihre kriminellen Energien freisetzten.

Sie ging quasi über Leichen und fand immer mal wieder Leute, die eine ähnliche Kindheit hinter sich hatten.

Sie strebte nach der Weltherrschaft.

Sie raffte immer mehr Kohle zusammen und besaß mit 32 Jahren 65 Prozent des Weltkapitals.

Sie produzierte den James-Bond-Film „Die Welt ist nicht genug" und hätte auch noch gerne das Weltall in ihren Besitz genommen.

Ihr Ziel war und ist es, dass immer weniger Menschen über immer mehr Menschen herrschen.

Sie warf Opium unters Volk.

„Stopp, Roman", unterbrach ich ihn, „du glaubst doch wohl nicht, dass ich dir das abnehme."

Mein Liebster schaute mich an und fuhr fort: „Doch liebe Sylvia, du hast es schon am eigenen Leib zu spüren bekommen. Deine plötzlich endende Karriere bei der Sparkasse, die Schließung von Rubenbaums Supermarkt, die globale Erwärmung der Erde, selbst die chaotischen Zustände auf den Autobahnen. Alles wird von der PEC/NO gesteuert. Noch haben sie nicht alles, aber schon heute können sie das Wetter beeinflussen, Völker gegeneinander aufhetzen, morden und morden lassen, Menschen zu unwürdigen Kreaturen erniedrigen. Die PEC/NO wird wie ein Schwarm Heuschrecken quer durch die Welt ziehen und alles bekämpfen, was sich ihnen in den Weg stellt. Und du siehst ja, selbst die kleine Formel, die in unserem Besitz ist, mit dem sie sämtliche Lebensmittel der Welt manipulieren könnten, ist für die Organisation so wichtig, dass man mir schon 2 Billionen Dollar und eine eigene Insel mit Privathafen und Flugplatz dafür angeboten hat. Aber ich habe mich früh genug abgesetzt und bin auf die Angebote nicht eingegangen. Ich bin Feind Nummer eins in den Augen der Bande. Wenn sie mich umbringen, werden sie nie an die Formel geraten. Ich hoffe, du hast sie so gut versteckt, dass sie sie niemals finden werden. Sylvia, wir müssen uns furchtbar in Acht nehmen."

Es war kurz nach halb 9.00 Uhr, als Roman nach 13 Stunden seine Kurzinformationen mit den Worten: „So, das war es erst einmal", beendete.

Ich erzählte Roman lieber nicht, dass ich mir gar nicht so sicher war, dass die Formel in absoluter Sicherheit war, vielmehr fragte ich ihn, warum ich von allen Geheimdiensten mit immer wieder neuen Identitäten ausgestattet wurde.

Roman erklärte mir, dass man schon in Zeiten des Kalten Krieges und vor allem in der ehemaligen DDR diese Spielchen getrieben habe, um einen Geheimdienst gegen den anderen auszuspielen. Und nur dieser Tatsache sei es zu verdanken, dass wir uns jetzt hier in Schottland getroffen hätten.

Ich berichtete Roman auch kurz über alles, was ich in den letzten Monaten erlebt hatte, und erzählte ihm auch voller Stolz von meiner Begegnung mit der englischen Königin.

„Ach ja, die Queen, irgendwie tut sie mir leid. Sie weiß natürlich auch von der Bedrohung, die durch die PEC/NO ausgeht. Aber sie will und kann sich nicht dagegen auflehnen. Sie befürchtet, dass die Organisation die Monarchie zerstören will. Auch die Geschichte mit dem Unfall von Lady Di hat die alte Dame stutzig gemacht. Immer wieder tauchen neue Gerüchte über den rätselhaften Tod der ‚Königin der Herzen' auf. Und immer mehr verdichtet sich der Verdacht, dass die PEC/NO tatsächlich die Hände im Spiel gehabt haben könnte. Aber es ist schon spät, Sylvie, wir sollten uns hinlegen. Wir haben noch viel zu tun."

Ich dachte noch lange über das nach, was Roman mir erzählt hatte.

Ich konnte es einfach nicht glauben, dass eine Organisation wie die PEC/NO die Welt in den Griff bekommen sollte.

Sehr spät schlief ich unruhig ein.

Mitten in der Nacht schrillten plötzlich die Alarmglocken.

Roman sprang direkt auf, rüttelte und schüttelte mich wach und bat mich, schnellstens aufzustehen. Langsam erhob ich mich aus dem Bett.

Roman war ganz hektisch und schrie mich zum ersten Mal, seitdem wir uns kennen gelernt hatten, an: „Nun mach schon, zieh dir nur das Nötigste an, wir müssen hier raus, und zwar sofort!“

Ich zog mir meine Unterwäsche an, stieg in meine Jeans, steckte meine Füße in ein Paar Tennissocken, zog meine Schnürstiefel an, band mir einen Schal um den Hals, riss den Mantel von der Garderobe, schnappte mir das Käsebrot, was vom Abend zuvor übrig geblieben war, kämmte mir durchs Haar, schnappte mir meine Tasche, packte alles zusammen, verschloss die Tasche, warf mir ein Aspirin ein, ging zur Toilette, wusch mich oberflächlich, putzte mir ordentlich die Zähne, schaute in den beschlagenen Spiegel, erkannte mich nur schleierhaft, trank noch einen Kaffee, stolperte über den Hund, rannte durch den Raum und stand keine Minute später neben Roman vor einem hohen Regal.

Roman zog ein Buch von Edgar Alan Poe aus der dritten Reihe des Regals und keine zwei Meter weiter entfernt öffnete sich wie von Geisterhand die Wand.

Wir liefen so schnell, wie wir konnten, auf das Loch in der Wand zu.

Ein Fahrstuhl erwartete uns.

Ich drückte den Buchstaben „K“ und in Windeseile ging es mit uns abwärts.

Als sich die Tür nach einer Fahrtzeit von 15 Minuten wieder öffnete, rieb ich mir die Augen.

Wir befanden uns laut Aushang 3 000 Meter unterhalb Schottlands auf einem U-Bahnhof.

Eine Anzeigentafel leuchtete auf. „Plockton Station – 5 Minutes“.

Auf der anderen Seite der Station fuhr soeben eine nagelneue U-Bahn ein. Die Türen öffneten sich, niemand stieg aus, die Türen schlossen sich wieder und die U-Bahn verschwand pünktlich in Richtung Glasgow. Keine vier Minuten später hielt auch der Zug, der nach Plockton fahren sollte, auf dem Bahnsteig an.

Roman und ich stiegen ein.

Wir achteten nicht darauf, dass wir in der 1. Klasse Platz genommen hatten.

Plötzlich öffnete sich die Durchgangstür von der 2. Klasse und zwei Kontrolleure kamen auf uns zu und wollten unsere Fahrausweise sehen.

Roman besaß ein Schottisches Ticket 2000 und da es noch vor 9.00 Uhr war, konnte ich kostenlos auf diesem Ticket mitfahren.

„Sorry Sir", sagte einer der strengen Kontrolleure, „der Fahrausweis ist zwar gültig, aber leider nur für Fahrten in der 2. Klasse. Das kostet Sie 60 Pfund wegen Fahrvergünstigungserschleichung."

Roman drückte dem Sheriff drei 20-Pfund-Noten in die Hand und bat um einen Beleg.

Der korrekte Kontrolleur stellte das Papier aus und wir durften bis Plockton in der 1. Klasse weiterfahren. Uns blieben bis dahin noch gut 25 Minuten.

„Sag mal, Roman, ich habe gar nicht gewusst, dass Schottland ein U-Bahn-Netz besitzt. Und dazu noch ein so gut ausgebautes", sagte ich.

Er musste lachen. „Tja Sylvia, außer uns beiden weiß so gut wie niemand auf der Welt, dass man von London bis hoch oben nach Bettyhill, das liegt in der Nähe von Thurso, mit der Untergrundbahn am schnellsten vorankommt. Diese U-Bahn ist eine der ältesten U-Bahn-Linien der Welt. Es ist die Privatbahn der königlichen Familie. Queen Mum hasste es wie die Pest, über Land von London zu ihrem Wochenendwohnsitz Castle of Mey nach Bettyhill über die Dörfer mit dem Auto zu fahren. Sie konnte es nicht ausstehen, den Menschen, die ihr auf der Fahrt am Straßenrand zujubelten, zuwinken zu müssen. So wurde bereits am Anfang des letzten Jahrhunderts diese Bahnlinie errichtet. Nur für die Königlichen Hoheiten. Noch heute nutzt Prince Charles das Privileg, wenn er mit seiner Camilla am Wochenende reiten möchte. Zum Schein landet dann immer ein Hubschrauber auf dem Dach des Castle of Mey, aber Charles und seine Lady reisen grundsätzlich unterirdisch an."

Ich war angetan von dem, was mir Roman berichtete.

„Aber woher, mein lieber Roman, hast du davon erfahren?"

Er antwortete: „Nun ja, im Laufe der Jahre baute ich mir einfach gute Kontakte zu fast allen Geheimdiensten auf. Ich weiß auch als einer der wenigen, dass es in Moskau unter dem Kreml eine riesig große Erdsauna gibt. Das Parlament in Rom besitzt einen direkten unterirdischen Zugang zum Vatikan und im Vatikan selbst wurde erst jüngst in einer ausgemusterten Gruft eine Wiederaufbereitungsanlage für Atommüll errichtet. Im Weißen Haus in Washington gibt es hinter dem Oral-Office einen Eins-zu-eins-Nachbau des Münchener Hofbräuhauses, welches seinerzeit eigens für den amerikanischen Präsidenten Roosevelt erbaut wurde. Ich könnte dir noch so viel mehr über alle Herren in aller Herren Länder erzählen, Sylvia, aber wir müssen jetzt aussteigen."

Pünktlich wie die Bahn im Britischen Königreich erreichte unser Zug die Station „Plockton City".

Dafür, dass nur die Königsfamilie die U-Bahn ab und zu benutzte, war es schon erstaunlich, wie perfekt alles ablief. Die U-Bahnen fuhren tatsächlich Tag und Nacht und wurden regelmäßig gewartet. Ich musste unwillkürlich an den Deutsche–Bahn-Chef denken. Auf dem Bahnsteig lösten Bewegungsmelder die Kontakte zu den Energiesparleuchten aus und wir gingen 200 Meter durch die erhellte Station, die in einem kleinen Raum endete.

Ein Fahrstuhl sollte uns an die Oberfläche von Plockton befördern.

Die Lichtschranke bemerkte uns, ohne dass wir sie bemerkten, und die Fahrstuhltür öffnete sich. Aus dem Lautsprecher im Aufzug dröhnte uns „God save the Queen" von den Sex Pistols entgegen.

Die alte Queen hatte schon immer ein Faible für das Außergewöhnliche gehabt.

Die Fahrt nach oben kam uns endlos lang vor. Schließlich öffnete sich die Fahrstuhltür und wir standen in einem runden Gebilde. Wir stiegen aus und eine versteckte Tür gab den Weg nach draußen frei. Das grelle Sonnenlicht stach in unsere Gesichter.

Nachdem wir im Freien waren, sahen wir, dass sich der gut getarnte Ausgang in einer Litfaßsäule befand. Genauso schnell, wie sich die Tür geöffnet hatte, war sie wieder verschlossen. Niemand hatte unser Kommen bemerkt.

Auf der Plakatsäule waren die üblichen werblichen Botschaften angebracht.

Highland Games auf der benachbarten Insel Skye wurden ebenso angepriesen wie die Öffnungszeiten der Gotteshäuser in der Hafenstadt.

Keine 500 Meter entfernt erreichten wir die Promenadenstraße von Plockton.

Ich rieb mir die Augen. Waren wir an der italienischen Adria oder gar in Südfrankreich?

Niemals hätte ich in Schottland Palmen oder Kakteen erwartet. Schmucke ältere Häuser und sehr viele Autos säumten die alleenähnlichen Straßen.

Auf der einen Seite der Promenade, gegenüber von einem kleinen Vorgarten, standen erstaunlich viele Luxuslimousinen. Als wir näher kamen, bemerkte Roman:

„Das habe ich mir gedacht, Sylvia. Sie sind tatsächlich fast alle hier.

„Wer ist hier?", fragte ich und er antwortete:

„Die führenden Köpfe der PEC/NO – und sie wollen anscheinend unter sich bleiben."

Er zeigte auf ein großes Warnschild, das an einem rotweißen Absperrband hing.

„Wegen Schweinepest geschlossen" stand dort in großen Buchstaben geschrieben. Roman hielt mich an, schnell weiterzugehen.

„Sylvie, wir müssen jetzt sehr vorsichtig sein. Ich habe für uns Bed & Breakfast gebucht und wenn alles so klappt, wie ich es mir vorstelle, haben wir gute Chancen, an der Vollversammlung der PEC/NO teilzunehmen, ohne dass es jemand bemerkt."

Wir bogen in die nächste Seitenstraße ein und nach zwei Minuten erreichten wir unser Ziel.

Ein leicht heruntergekommenes Haus auf der rechten Straßenseite, direkt gegenüber der einzigen Fish-&-Chips-Bude in Plockton.

Roman klingelte und kurz darauf öffnete uns ein Bernhardiner die Tür.

Es war ein Blindenhund mit großen, treuen Augen.

Er bellte uns freundlich zu und deutete mit dem Kopf nach hinten.

Wedelnden Schwanzes führte er uns in eine große Küche, in der eine alte Frau mit einer gelben Armbinde und drei aufgeflockten schwarzen Punkten und einer Sonnenbrille im Gesicht vor einem alten Kohleherd stand und Haggis, die schottische Nationalspeise, zubereitete.

Der Hund schnüffelte mit der Nase, jaulte laut auf und verließ fluchtartig den Raum.

Es stank in der Tat bestialisch. Ehe ich fragen konnte, wie man dieses Gericht zubereitete, sagte die Frau: „Das ist Haggis! Also, ist doch ganz einfach. Man nehme:

1 Schafsmagen
Herz, Lunge und Leber eines Schafes

1 Aubergine
6 Zwiebeln
4 Tassen Hafermehl
500 ml Nierenfett
Salz & Pfeffer
Cayenne-Pfeffer, Muskatnuss

Erst einmal wird der Schafsmagen gewaschen, dann werden überflüssige Sachen wie Hautlappen und Fett entfernt.

Das Ganze lässt man über Nacht in eiskaltem Salzwasser einweichen.

Am nächsten Tag den Magen auf links drehen. Niere, Herz und Lunge in kaltem Wasser einweichen. Das Wasser salzen und zum Kochen bringen und anschließend etwa zwei Stunden bei mittlerer Hitze kochen lassen. Anschließend alles kalt werden lassen. Die Brühe an die Seite stellen.

Danach die Zwiebeln fein würfeln und das Hafermehl in einer Pfanne goldgelb anrösten. Anschließend die Leber zum Teil und das ganze Herz und die Lunge in der Maschine durchdrehen. Den Rest der Leber und das Nierenfett klein hacken. Damit die Zwiebeln und das Hafermehl vermischen und anschließend gut würzen.

Die Brühe aus den Innereien zufügen, sodass eine schöne sämige Masse entsteht. Die gekochte Aubergine zerdrücken und unterrühren und alles in den Schafsmagen füllen.

Wichtig! Den Magen niemals ganz füllen, da sich das Hafermehl beim Kochen ausdehnt und der Magen platzen kann. Das sieht nicht gut aus in der Küche.

Danach die Luft aus dem Magen lassen und mit normalem Zwirn gut zusammennähen.

Zum Schluss den Magen an allen Seiten mit einer Stecknadel leicht einstechen. Das Ganze bei kleiner Hitze ca. 2,5 Stunden kochen lassen.

Beim Anschneiden herrscht noch einmal Explosionsgefahr. Der gekochte Haggis steht nämlich extrem unter Druck. Und dann kann gegessen werden. Möchten Sie mal kosten?“

Ich lehnte freundlich, aber bestimmt ab. Die Zutaten erinnerten mich an ein Rezept, das ein ehemaliger dicker deutscher Bundeskanzler einmal zusammen mit Alfred Biolek im Fernsehen gekocht hatte.

Die Köchin ging zur Küchentür und verschloss sie mit einem großen Schlüssel. Dann setzte sie ihre Sonnenbrille ab, nahm die Blindenbinde vom Arm und begrüßte uns per Handschlag.

„Mein Name ist Hase“, sagte sie, „ich weiß alles. 38 Jahre lang habe ich für den chinesischen und den deutschen Geheimdienst gearbeitet. Ein Joint Venture sozusagen. Jeder der Staaten wusste es, keiner der Staaten nutzte es. Das lag daran, dass sich die Nachrichtendienste beider Länder nicht über den Weg trauten. Es war für mich eine Sisyphusarbeit. Ich bekam abwechselnd immer neue, kaum zu lösende Aufgaben zugeteilt. Teilweise ermittelte ich in ein und derselben Sache für beide Auftraggeber. Ich pendelte jahrelang von Bonn nach Peking, später dann von Peking nach Berlin und zurück. Trotzdem erfüllte ich alle meine Missionen mit Bravour. Vor fünf Jahren bekam ich das Bundesverdienstkreuz am Hosenband und die chinesische Auszeichnung „Wider den tierischen Ernst“. Da aber keiner der Geheimdienstchefs der Länder wusste, was sie mit mir so recht anfangen sollten, schoben sie mich danach im beiderseitigen Einvernehmen aufs Agentenabstellgleis. Ich durfte mir aussuchen, wo ich meinen Ruhestand verbringen wollte, Vietnam oder Schottland. Na ja, wo ich gelandet bin, sehen Sie ja. Nach geraumer Zeit wurde mir mein Rentnerinnendasein jedoch zu langweilig und so habe ich mich als Freie Agentin selbstständig gemacht. Viele Staaten zählen seitdem zu meinen Kunden. Man weiß meine Arbeit zu schätzen. Und dadurch erfuhr ich im Laufe der letzten Jahre nahezu alles über die PEC/NO und damit auch zwangsläufig über Sie. Meine Tage sind gezählt, aber ich besitze Moral. Auch ich weiß, mein lieber Herr Schreiber, meine liebe Frau Stuben, dass es eine Katastrophe wäre, wenn die PEC/NO die Formel in die Hände bekäme. Ich habe mir diesen Standort auch ausgewählt, weil in dieser schönen, unscheinbaren Hafenstadt seit Jahren alle Fäden zusammenlaufen. Mein Freund Paul Mosek, ein exzellenter Metzger und ein noch besserer Agent, hat mich damals eingeweiht. Auch er will nicht, dass diese korrupte Bande demnächst auch noch bestimmt, was wir zu essen bekommen. Aber ich habe genug geredet, folgen Sie mir."

Sie setzte ihre Brille wieder auf und streifte sich die Blindenbinde über.

„Ich möchte den Hund nicht enttäuschen", sagte sie und stieß einen schrillen Pfiff aus.

Der Hund stand vor der Tür und reichte Frau Hase die Leine und führte uns in einen dunklen, kellerähnlichen Raum, der sich unter der Küche befand. Der Bernhardiner sprang in die Höhe und bediente mit seiner Schnauze den Lichtschalter. Schon wurde es hell.

Vor uns lag ein langer unterirdischer Gang, der direkt bis unter den Seminarraum des „Plockton Hotel" führte.

„Hubert", sagte Frau Hase zu ihrem Tier, „du kannst wieder gehen. Vielen Dank!"

Der Hund verstand und verschwand.

Durch den Holzfußboden des Seminarraums strahlte Licht zu uns in den Keller. Wir hörten Schritte und es wurden Stühle gerückt. Die amerikanische Nationalhymne erklang und anschließend ergriff eine Frauenstimme das Wort. Roman, Frau Hase und ich lauschten dem Geschehen über uns. Der Vorstand wurde entlastet und der Schriftführer und der Kassierer wurden in ihren Ämtern bestätigt. Danach ging es richtig zur Sache.

Nach den üblichen Begrüßungsfloskeln setzte die Frau zu einer flammenden Rede an:

„Ich freue mich, Ihnen mitteilen zu können, dass die PEC/NO durch die letzte notwendig gewordene Fusion jetzt nur noch aus sechs Firmenmänteln besteht. Dadurch und durch weiter freigesetztes Humankapital haben wir nun die Möglichkeit, unsere Aktivitäten im Osten zu intensivieren. Wir sind mittlerweile die USA, wir sind die EU, wir sind Australien und wir sind fast ganz Asien, aber noch sind wir nicht die Welt." Es entstand eine kurze Kunstpause. „Noch nicht! Aber wir stehen kurz davor."

Donnernder Applaus brandete auf. Sie sprach immer wieder über Globalisierung, Gewinnmaximierung, sie redete über überflüssigen Klimaschutz und Atomkraftwerke und tadelte letztendlich die Chemievertreter, die es nicht geschafft hätten, die Vogelgrippe oder das Noro-Virus auf dem Markt zu etablieren.

In der anschließenden Diskussionsrunde ging es hauptsächlich um Ernährung.

Man müsse die Hungersnot in einigen Entwicklungsländern steigern und in den Industriestaaten das Essverhalten der Menschen so beeinflussen, dass die Bevölkerung gar keine andere Wahl habe, als sich nur noch ausschließlich von Produkten der PEC/NO zu ernähren. Aber dazu fehlte ihnen ja noch eine bestimmte Formel.

Die Stimme der Frau wurde noch einmal deutlich lauter.

„Es kann und darf nicht sein, dass kein Geheimdienst – wir bezahlen schließlich alle – in der Lage ist, an diese Formel zu gelangen. Ich muss es so krass sagen, meine Damen und Herren. Große Scheiße! Wir werden nun eine härtere Gangart einlegen! Wir müssen in den Besitz der Formel gelangen. Koste es, was es wolle!"

Roman schaute mich an. Er hatte Sorgenfalten im Gesicht. Auch Frau Hase war kreidebleich an der Nase. Sie wollten uns also abservieren. Doch darüber wurde anschließend in einem Workshop weiterdiskutiert, sodass wir nicht wussten, wie die Bande weiter gegen uns vorgehen wollte. Wir gingen nachdenklich zurück.

Frau Hase wollte uns mittags den Haggis servieren.

Wir wollten nicht unhöflich sein und willigten schließlich ein.

Der Tisch war sehr dekorativ geschmückt. Auf allen vier Plätzen standen neben dem Meißener Porzellan und dem Riu-Hotel-Besteck kleine Kerzen in Dudelsackform.

Unsere Gastgeberin warf eine CD von den Dubliners in den Player und rief den Bernhardiner zu Tisch. Dieser hatte sich schon eine Serviette umgebunden und sprang auf den Stuhl.

Zum Haggis gab es Steckrüben und Pflaumenkuchen. Es schmeckte schlimmer, als ich erwartet hatte. Hubert, dem Hund, schien es dagegen ausgezeichnet zu munden. Er holte sich noch dreimal einen Nachschlag. Er war rundum glücklich und leckte Frau Hase dankbar mit langer Zunge und sabbernder Schnauze quer durchs Gesicht. Roman und ich ließen uns nichts anmerken und würgten den Fraß in uns hinein.

Zum Nachtisch gab es dann noch Scones mit Himbeermarmelade und warmer Knoblauchsoße. Da sage noch einer, die schottische Küche sei langweilig.

Ein Verdauungsspaziergang erschien uns angesichts der vielen anwesenden PEC/NO-Leute in der Stadt zu gefährlich, also verbrachten wir den Rest des Tages damit, zusammen mit Frau Hase und Hubert „Spitz pass auf!“ zu spielen. Der Hund gewann alle Runden. Es schien mir, dass er mogelte, aber wir ließen ihn gewähren.

Gegen Abend zogen wir uns auf unser Zimmer zurück. Roman hatte schon während des Spielnachmittags einen unkonzentrierten Eindruck gemacht. Er musste wohl das Gehörte und das zu Mittag Gegessene erst einmal richtig verdauen.

Bevor wir ins Bett gingen, kehrten wir noch einmal in den Livingroom unserer Gastgeberin zurück. Auch sie schien sich Gedanken gemacht zu haben.

Bevor Roman seine Pläne darlegen konnte, stellten wir fest, dass Frau Hase wirklich eine Top-Agentin war. Binnen zwei Stunden hatte sie uns neue Papiere besorgt. Mehr noch! Nach einer Viertelstunde klingelte es an der Wohnungstür. Dreimal kurz, zweimal lang. Der Hund öffnete und eine gut aussehende Blondine mit zwei Medizinkoffern betrat den Raum.

„Liebste Frau Stuben, lieber Herr Schreiber, es ist besser, wenn wir nicht nur Ihre Papiere ändern. Wir werden Ihnen auch kurzfristig ein neues Aussehen verpassen", sagte Frau Hase, „dazu habe ich Nadja kommen lassen. Sie war früher als führende Ärztin in der Pathologie des KGB beschäftigt und präpariert seit drei Jahren die chinesischen Leichen für die Körperweltenausstellung. Sie brauchen keine Angst zu haben. Nadja versteht ihr Handwerk perfekt. Wir dürfen keine Zeit verlieren. Legen Sie sich schon einmal auf den Küchentisch, Frau Stuben."

Bevor Nadja anfing, erklärte sie uns, dass mit unseren Gesichtern und unseren Körpern nichts passieren würde. Es handele sich um eine Art Half-Permanent-Make-up. Nach ungefähr drei bis vier Wochen würden sich die Masken, die sie uns jetzt anfertigen wollte, von selbst wieder ablösen.

Sie öffnete einen Koffer, legte fein säuberlich die Instrumente auf einen Beistelltisch, ging noch einmal kurz zu ihrem großen Wagen vor die Tür und kehrte mit einer Betonmischmaschine zurück. Sie richtete eine zähflüssige Masse an und begann, mir mein neues Aussehen zu verpassen. Als Erstes formte sie einen Untergrund aus Mullbinden und Gelatine für mein Gesicht, schmierte mir danach die angerührte Mischung aufs Gesicht und begann, zu modellieren. Es war höllisch heiß, aber ich biss die Zähne zusammen.

Sie knetete an den Ohren, knetete an der Nase, rieb mir Schnellbeton aus den Augen und feilte filigran an meinem neuen Aussehen. Mit einer Poliermaschine glättete sie dann mein neues Konterfei, steckte mir ihre beiden Zeigefinger in die Nase, um die Öffnungen frei zu bekommen, putzte mir Mörtel aus den Augenlidern und reinigte die Ohren mit Wattestäbchen. Ich konnte nichts sehen, spürte aber, dass mir Nadja eine Plastikhülle über den Kopf zog und mir neue Haare einpflanzte. Sie legte danach ein Handtuch über meinen neuen Kopf und setzte mich unter die Trockenhaube. Ich sollte mich möglichst nicht bewegen und nachdem alles angetrocknet war, musste ich mich auf den Rücken legen und zwei Stunden absolut ruhig liegen bleiben.

Als ich so dalag, hörte ich, wie sie den Betonmischer wieder einschaltete. Jetzt wurde auch Roman verarztet.

Vier Stunden später war Nadja fertig.

Wir durften auf gar keinen Fall die Tücher von den Gesichtern entfernen und sollten tunlichst Zuckungen und Husten oder Niesen vermeiden. Da wir nichts mehr sahen, führte uns Hubert netterweise auf unser Zimmer. Wir durften auch nicht sprechen. Es wurde eine schlaflose, anstrengende Nacht.

Gegen 7.00 Uhr erschien der Bernhardiner und führte Frau Hase auf unser Zimmer. Sie bedankte sich bei dem treuen Tier, gab ihm ein Stück Schwartemagen, er wedelte freudig mit seinem Schwanz, bellte zweimal und eilte die Treppe herunter, um sich seine Tageszeitung aus dem Briefkasten und die Brötchen vom Bäcker zu holen. Frau Hase vergewisserte sich, dass der Hund tatsächlich weg war und schaute unter unsere Handtücher, die immer noch unsere Häupter bedeckten. Sie blickte erst in Romans neues Gesicht, danach in meines.

Sie klatschte erfreut in die Hände und sagte: „Perfekt, Nadja ist eine ganz große Künstlerin. So, meine Lieben, ihr dürft noch keine allzu hektischen Bewegungen machen, aber ihr dürft euch das Ergebnis jetzt anschauen."

Sie zog die Schutzhüllen vorsichtig ab und drehte uns so, dass wir uns ansehen konnten.

Roman blickte mich an, ich blickte in Romans Gesicht und wir glaubten beide, dass wir in einen Spiegel schauten. Nadja hatte Romans Kopf auf meinen Körper gezaubert und Roman hatte meine Gesichtszüge angenommen.

Zunächst erschrak ich, aber als ich Roman genauer in mein Gesicht starrte, sagte ich zu ihm: „Sylvia, du hast einen verdammt guten Geschmack."

Auch Roman war begeistert „Danke! Das sehe ich genauso, Roman."

War ich nun ich oder war ich er? War er ich oder war er er? Ich war ich und doch war ich nicht ich, genauso wenig wie er er aber doch er war. Jedenfalls war die Überraschung gelungen.

Aber brachte uns das jetzt wirklich weiter?

Was sollte diese Maskerade bewirken?

Frau Hase war immer noch schier hin und weg. Immer wieder schlug sie mit beiden Fäusten auf den Tisch und rief: „Perfekt, einfach genial!"

„Entschuldigen Sie, meine Liebe", sagte Roman, „was bringt uns denn nun diese Verwechslungskomödie?"

Frau Hase wurde ernst, runzelte die Stirn, überlegte lange und erwiderte: „Je länger ich darüber nachdenke, im Prinzip nichts. Höchstens Spaß. Wenn Sie zum Beispiel mit diesem Aussehen in eine gemischte Sauna gehen würden. Gut, vielleicht hätte man anders vorgehen müssen, aber jetzt ist es halt passiert. Damit werden Sie in den nächsten drei bis vier Wochen leben müssen. Danach bröckeln die Masken sowieso von alleine ab. Außerdem sind Ihre Papiere auf Roman Stuben und Sylvia Schreiber umgeschrieben worden. Wir müssen jetzt alle da durch. Sie, Herr Stuben fliegen von Edinburgh nach Glasgow, und Sie Frau

Schreiber von Glasgow nach Edinburgh. Sie können sich ja dann in der Luft zuwinken. In Glasgow wartet Herr Mosek auf Sie, Frau Stuben, ich meine Herr Stuben, und in Edinburgh, Frau Schreiber, steigen Sie bitte direkt in den nächsten Flieger nach Luxemburg. Alles Weitere werde ich Ihnen per SMS mitteilen. Hier sind Ihre neuen Prepaid-Handys. Die Taxis stehen bereits vor der Tür. Die Zeit drängt."

Ich küsste mich leidenschaftlich und Roman küsste sich leidenschaftlich. Wir küssten uns also und stiegen danach in die bereitstehenden Autos, die uns zu den Flughäfen fahren sollten.

Es herrschte erstaunlich viel Verkehr auf dem Highway und ich erreichte Glasgow Airport später, als es geplant war.

Der Flieger nach Edinburgh stand bereits auf dem Rollfeld und ich kam mit meinen neuen Papieren problemlos durch die Zollkontrolle. Kein Wunder, es war ja ein Inlandsflug.

Es blieben mir zwar nur noch knapp 20 Minuten, aber ich ging ins Bistro und bestellte mir einen Kaffee. „Das macht 4 Euro, mein Herr", sagte die Serviererin.

Ich schaute sie fragend an und schob die Tasse zu dem Mann, der neben mir stand.

„Nein", sagte die Frau, „der Kaffee ist für Sie, junger Mann."

Da fiel mir ein, dass ich ja maskuline Züge angenommen hatte.

„Entschuldigen Sie", erwiderte ich mit tiefer Stimme, „ich bin etwas durcheinander."

Ich trank den Kaffee aus und gab der Bedienung 5 Euro.

„Stimmt so!"

Es fiel mir schwer, mich auf die neuen Tatsachen einzustellen.

Ich war verwirrt, versuchte aber, das Beste daraus zu machen. Ich hörte, wie mein Flug zum letzten Mal ausgerufen wurde. Ich wollte losgehen. Ich musste aber noch dringend zur Toilette und ging strammen Schrittes auf die Damentoilette zu. Die nette junge Dame, die mir den Kaffee serviert hatte, rief mir zu, dass sich die Herrentoilette auf der gegenüberliegenden Seite befände. Also drehte ich um, ging darauf zu und öffnete die Eingangstür.

Ich blickte direkt in einen Spiegel und sah gleichzeitig Roman und mich. Jetzt war aber nicht die Zeit, weiter darüber nachzudenken.

Die beiden verschließbaren Toiletten waren besetzt. Da ich in Herrenbekleidung steckte, versuchte ich, nachdem ich die Hose heruntergelassen hatte, im Stehen ins Urinal zu pinkeln. Es ging nicht. Rein anatomisch bedingt.

Also drehte ich mich kurzerhand um, setzte mich ins Urinal und erleichterte meine Blase.

Warum wollen mir die Männer eigentlich immer erzählen, dass man im Sitzen schlechter pinkeln kann? Es ist alles eine Frage des Wollens.

Als letzter Passagier erreichte ich die Gangway, wurde von einer Stewardess in Empfang genommen und begab mich zu meinem Platz. Kaum saß ich, hob der Flieger auch schon ab.

Zur gleichen Zeit traf Roman in Edinburgh ein. Mosek stand schon in der Empfangshalle, als Roman sich zum Check-in Richtung Glasgow begab. Der Metzgermeister sah ihn beziehungsweise mich und kam auf ihn zu.

„Frau Stuben, wo ist Roman?“, fragte er.

„Ich bin Roman“, erwiderte mein Liebster.

Mosek hatte verstanden. „Nadja?“, flüsterte er fragend durch die kaum geöffneten Lippen und Roman nickte kurz.

Sie passierten die Sicherheitskontrollen ohne Beanstandung und setzten sich in die vorletzte Reihe des Flugzeugs der Scottish Airways und flogen in Richtung Glasgow.

Fast wäre es während der Reise zu einem Zusammenstoß gekommen.

Ich erkannte Mosek und Roman, die in 9000 Metern Höhe und im Abstand von ungefähr 25 Zentimetern an mir vorbeiflogen, und winkte ihnen freudig mit der rechten Hand zu. Ich sah, dass Mosek ein Schild in der Hand hielt. Ich glaubte, das Nationalitätskennzeichen von Luxemburg „LUX“ erkannt zu haben.

30 Minuten später landete ich in Edinburgh und Mosek und Roman landeten in Glasgow.

Der Weiterflug von Romans und Moseks Maschine in Richtung Luxemburg verzögerte sich um ein paar Minuten, da ein Falschflieger auf der Startbahn landete.

Auch mein Flug hatte Verspätung, da Rollsplitt auf dem Rollfeld lag und erst beseitigt werden musste. Trotzdem landeten beide Maschinen fast planmäßig um 18.04 Uhr und um 18.07 Uhr auf dem Flughafen von Luxemburg, der Hauptstadt Luxemburgs. Ein übersichtlicher kleiner Airport. Klein, aber fein.

Als ich zum Ausgang marschierte, sah ich, dass Roman und Mosek noch am Laufband auf ihr Gepäck warteten.

Ich ging derweil zur Herrentoilette. Ich wusste ja jetzt, wie es funktioniert. Dachte ich zumindest.

Aber die Luxemburger hatten sich die Angewohnheit der Franzosen zu eigen gemacht und komplett auf Sitztoiletten verzichtet. Es ärgerte mich gewaltig. Ich musste tatsächlich, mangels fehlenden Topfes, im Stehen pinkeln. Danach wusch ich meine Hände, trocknete sie unter einem der vielen Automaten ab, die nichts als Heißluft und Verbrennungen zweiten Grades erzeugen.

Dann begab ich mich zur Cafeteria im Untergeschoss des niedlichen Flughafens.

Irgendwie hatte ich das Gefühl, dass ich verfolgt würde.

Schon seit dem Auschecken ging eine unscheinbare Person, zirka 45 Jahre alt, gut gekleidet und mit Walkman im Ohr, hinter mir her.

Wenn ich schneller ging, ging auch der Typ schneller, verlangsamte ich meine Schritte, schritt auch der Mann langsamer voran.

Mir wurde es zu bunt.

Kurz vor der Rolltreppe, die zur Cafeteria herunterfuhr, blieb ich stehen, drehte mich um, packte den Typ am Kragen und hob ihn zirka einen halben Meter hoch.

„Was wollen Sie von mir?", keifte ich ihn an.

Er hielt mir ein Printmedium namens „The Poor Lux" entgegen und stammelte, dass er mir gerne eine Obdachlosenzeitung verkaufen würde.

Ich ließ den Mann wieder auf den Boden zurückgleiten, gab ihm 50 Cent und er überreichte mir die Zeitung. Erstaunlich, was meine Maskerade für Kräfte in mir auslöste.

Ich fühlte mich stark in meiner Männerrolle.

Ich machte einen weiteren Test. An der Theke vor der Bar der Cafeteria stand eine gut proportionierte Blondine. Ich ging auf sie zu und klatschte ihr mit der linken Hand voll auf den Hintern.

Sie drehte sich nur kurz um, sah mir in die Augen und sagte: „Gerne! Hier auf dem Klo oder im Hotel?" Warum müssen wir Frauen uns so etwas antun?

Ich spendierte der Lady einen Kiba, sagte: „Nix für ungut", und setzte mich an einen Ecktisch in der Ecke des Raumes.

Eine gute halbe Stunde später betraten auch Mosek und Roman das hübsche Café.

Ich konnte mich schon von Weitem auf mich zukommen sehen.

Nadja hatte wirklich fantastische Arbeit geleistet.

Die beiden setzten sich zu mir an den Tisch und wir bestellten vier Bier und einen Korn.

Moseks Handy gab plötzlich merkwürdige Geräusche von sich. Die Nationalhymne der ehemaligen DDR drang aus seinem Mobilgerät an unsere Ohren. Das schien ein codiertes Signal zu sein. Mosek sah uns nur kurz an und flüsterte: „Aufgestanden, wir müssen zu Ruinen."

Ein Taxi fuhr uns in eine kleine Vorstadt von Luxemburg.

Der Ort lag direkt an der E 44 zwischen Grevenmaker und Niedroven. Das Kaff hieß Flaxweiler, ebenso wie die Ausfahrt an der Autobahn. Die Luxemburger nennen Flaxweiler auch Fluessweiler. Hier lebten fast 1 600 Einwohner auf einer Fläche von 30,17 Quadratkilometern. Die Stadt besaß sogar eine eigene Website.

Warum hatte Mosek ausgerechnet diesen Platz ausgewählt?

Lag es an dem Wappen der Gemeinde?

Darauf war ein schwarzer Löwe auf silbernem Feld abgebildet. Und die Hauptfarben der Gemeinde waren Gold und Rot. Schwarzer Löwe und Gold und Rot. Wer logisch denken kann, weiß, dass hier Farben im Spiel sind, die der deutschen Flagge extrem ähneln. Mosek erzählte, dass es außerdem in dieser Stadt gleich fünf Kirchen gab, aber was noch interessanter erschien, war die Tatsache, dass im Jahr 2004 außer den Luxemburgern hier 56 Deutsche, 41 Engländer, 31 Belgier, 29 Franzosen, aber nur zwei Amerikaner und ein Kubaner lebten.

Unser Taxi hielt neben der größten Kirche der Kleinstadt.

Mosek deutete auf ein kleines Haus und wir gingen den Rest des Weges zu Fuß dorthin. Es war die Jugendherberge des Ortes.

Die Herbergsmutter öffnete uns die Tür und fiel Mosek um den Hals.

„Paul", rief sie erfreut, „schön, dich wiederzusehen. Ich habe gute Nachrichten für dich. Kommt doch erst mal rein!"

Wir betraten die einfache Herberge und setzten uns auf die großen Matratzen, die überall auf dem Boden lagen. Mosek stellte uns seine Bekannte vor.

„Das ist Mademoiselle Ninette. Sie leitet hier in Flaxweiler nicht nur die Jugendherberge. Sie betreut auch alle Selbsthilfegruppen im Ort und arbeitet mir seit vier Jahren zu. Sie hat exzellente Beziehungen zu Gott und der Welt."

Ninette fuhr selbst fort: „Genau wie Sie, versuche ich, alle meine Kräfte aufzuwenden, mich gegen die Machenschaften der PEC/NO zu wehren. Alle wissen von deren Existenz, aber alle versuchen, zu verdrängen, dass diese Schweinebande fast alles in den Griff bekommen hat. Paul hat mir von dieser Formel erzählt, die Sie besitzen. Es wäre nicht auszudenken, was passieren würde, wenn die PEC/NO sich diese zu eigen machen würde. Das gilt es zu verhindern. Aber nun lassen Sie uns erst einmal ein bisschen relaxen."

Sie setzte sich zu uns auf eine der durchgesessenen Matratzen.

Mosek ging derweil in die Teeküche und kehrte mit einem Tablett, gefüllt mit Soft- und Hartdrinks, wieder zu uns zurück. Ich nahm ein Glas Martini, rührte ihn, trank und schüttelte mich.

Roman trank einen Batida de Coco, Mosek trank ein Pils und Mademoiselle Ninette mixte sich einen Milch-Shake. Es wurde ein langer Abend. Wir diskutieren über uns, über die Welt und sogar über Peter Frankenfeld. Im Prinzip war es uns allen klar! Wir mussten alles geben, damit die PEC/NO sich nicht alles aneignen konnte, und wir mussten versuchen, die Leute in unserem Umfeld aufzufordern, sich gegen diese kriminellen Machenschaften zu stellen.

Je mehr wir diskutierten, desto klarer wurde es uns, dass wir nur dann eine echte Chance hätten, wenn sich möglichst viele zusammenschließen würden, um die Bande zu bekämpfen.

Aber wie?

Wenn nicht jetzt, wann dann?

Bevor alles zu spät war. Wir redeten uns fest.

Gewalt würde nichts bringen, außer dass Gegengewalt entstünde.

Boykott ja, aber wie?

Unser einziger Vorteil war der Besitz der Formel, die noch uns gehörte. Nicht auszudenken, was passieren würde, wenn die Organisation das Fressverhalten auf der ganzen Welt bestimmen würde. Die Formel musste also verschwinden. So schnell wie möglich. Aber war es vielleicht schon zu spät? Nachdem wir noch drei Flaschen Prosecco ausgetrunken hatten, schliefen wir ein.

Beim Frühstück am nächsten Morgen ergriff ich die deutschsprachige Tageszeitung, die auf dem Tisch lag.

„Deutschland hat gewählt! – Es ist ein Mädchen!“, prangte groß auf der Titelseite.

Die PEC/NO hatte es geschafft. Der Vorgänger der neuen Regierungschefin wurde zunächst einmal aus dem Geschehen genommen.

Zwei so genannte Volksparteien sollten uns nun koalierend regieren. Sie sollten uns also sagen, was die PEC/NO für richtig hielt. Sie würden im Schnelldurchgang potenziellen Aufmüpfigen die Luft aus den Segeln nehmen. Gesetze, mit denen außer der PEC/NO niemand etwas anfangen könnte, lagen wahrscheinlich schon in den Schubladen.

Selbst der Papst wurde bereits von ihnen installiert.

Kiesinger lebte nicht mehr, Johannes Heesters war schon über 100 Jahre alt geworden und Jan Ullrich wurde des Dopings bezichtigt. Auf den Kanarischen Inseln kamen immer mehr Flüchtlinge aus Afrika an, falls sie lebend dort eintrafen, wurden sie sofort wieder abgeschoben, im Irak starben pro Tag mehr Menschen als wie vor dem Krieg, obwohl man „als wie“ nicht sagen soll.

Aber warum eigentlich nicht? Ein deutscher Fußballtrainer durfte ja auch sagen, dass er einer derer, die, da, wo wären, die, da von Anfang an wussten, dass Geld fast alles ist. Man würde es ja bei der nächsten WM im eigenen Land sehen, welche Euphorie 22 Beine entfachen könnten. Derer, der, da, dieses sagte, sollte recht behalten.

Im Lokalteil von Flaxweiler waren auf mehreren Seiten in drei Sprachen die neuen Müllabfuhrvorschriften abgedruckt.

In Luxemburg schien die Welt noch in Ordnung zu sein. Oder auch nicht.

Gegen 10.30 Uhr gab es eine gewaltige Detonation ganz in der Nähe unseres Hauses.

Die Kirche aus dem 16. Jahrhundert wurde von einer Rakete, die sich auf dem Truppenübungsplatz der Luxemburger Volksarmee selbstständig gemacht hatte, getroffen. Ein Zufall?

Kurze Zeit später fiel die Kirche in sich zusammen. Der Pfarrer konnte sich noch in Sicherheit bringen, leerte die Opferstöcke und ging in die Dorfkneipe und trank sich einen Ouzo.

Kaum hatte er ausgetrunken, schlug eine zweite Rakete ein. Diesmal traf es die Kirche des evangelischen Mitbewerbers. Mosek griff sofort zum Handy. Nach dem Telefonat setzte er sich zu uns an den Tisch.

„Roman, Sylvia, hier ist etwas oberfaul. Wir müssen umgehend das Land verlassen. Sie, Sylvia, sind angesichts Ihres falschen Angesichts, also wegen Romans Angesicht, von uns allen am extremsten gefährdet. Sie werden von Mademoiselle Ninette erst einmal vorübergehend aus dem Verkehr gezogen. Sie wird Sie gut verstecken. Roman und ich werden versuchen, irgendwie unerkannt nach Deutschland zu gelangen. Jegliche weitere Kommunikation untereinander bitte nur noch mit folgendem Kennwort beginnen: „Fiesta Mexicana."

Frau Ninette und ich gingen zu einem kleinen Gartenhäuschen, das im Garten der Jugendherberge stand, und Mosek und Roman packten ihre Koffer.

Nach Einbruch der Dunkelheit begaben sie sich durch den Hinterausgang auf die angrenzende Nebenstraße, schlugen ein paar Haken und standen schließlich wieder auf der Hauptstraße direkt vor der Herberge.

Mosek stellte sich mitten auf die Straße und hielt das nächste heranfahrende Auto an. Er packte den Fahrer am Kragen, zog ihn aus dem Fahrzeug und er und Roman stiegen ein und verschwanden in der Dunkelheit der Nacht.

Natürlich war das nicht ganz korrekt, aber ungewöhnliche Ereignisse erfordern ungewöhnliche Maßnahmen.

Mademoiselle Ninette und ich saßen währenddessen in der kleinen Gartenlaube und tranken Café noir mit Milch und Süßstoff.

„Fiesta Mexicana", sagte sie und fuhr fort, „es mag zwar seltsam erscheinen, aber ich werde nun etwas tun, was ich sonst eigentlich eher nach einer durchzechten Nacht mache."

Sie öffnete ihre Handtasche zückte ihren Personalausweis und zeigte mit dem Zeigefinger auf ihren Vornamen.

„Jeanette", las ich.

„So ist es, nennen Sie mich ruhig Jeanette. Ich darf Sie doch Sylvia nennen?"

Es sprach nichts dagegen und ich antwortete: „Fiesta Mexicana, ich Sylvie, du Jeanette."

Jeanette Ninette war sehr nett.

Sie nahm ein weißes DIN-A4-Blatt und zeichnete mir einen Weg auf, der kurz hinter dem Dorffriedhof endete. Dort sei ein kleines, leer stehendes Schrankenwärterhäuschen, welches an der stillgelegten Bahnstrecke nach Saarbrücken stand. Dort würde mich garantiert keiner vermuten. Ich solle in den nächsten zwei Tagen dort verweilen. In der Zwischenzeit würde sie dafür sorgen, dass ein Zug dort halten würde, der mich nach Deutschland bringen sollte.

„Fiesta Mexicana, Sylvia, viel Glück", flüsterte sie.

Ich war zuversichtlich und erwiderte: „Fiesta Mexicana, Jeanette, ja wir schaffen das!"

Nachdem die Wolken den Mond verdunkelten, begab ich mich auf den Weg zu meinem Exil.

Die Tür des Schrankenwärterhäuschens war nur angelehnt. Ich öffnete sie und stand in einem kleinen Raum von gerade einmal zehn Quadratmetern. Es roch muffig. Die Fensterscheiben waren komplett mit schwarzer Farbe gestrichen, sodass alles um mich herum im Dunkeln lag. Ich tastete mich an der Wand entlang und suchte nach dem Lichtschalter. Und da war er auch. Ich drückte auf den Schalter und eine Energiesparlampe erhellte spärlich den Raum.

In der rechten Ecke stand eine alte Couch, in der Mitte des Zimmers befand sich ein Tisch aus massivem Birkenholz und unter dem Fenster auf der linken Seite entdeckte ich eine gut gefüllte Minibar.

Weiter hinten in einer Ecke war eine weitere Tür. Diese führte zur Toilette. Ich blickte hinein und sah, dass hier tatsächlich jeden Tag die Handtücher gewechselt wurden. Innen hing ein frisch gewaschener und gebügelter Bademantel an einer Stange.

Bevor ich mich zur Nachtruhe begab, wollte ich mich noch etwas frisch machen. Zunächst einmal erschrak ich wieder, als ich in den Spiegel blickte, denn normalerweise blickte ich dann in mein eigenes Gesicht.

An meinem linken Ohrläppchen, das schon seit meiner Geburt länger war als das rechte, schien jedoch schon etwas von der Maske wegzubröckeln. Wie lange würde das noch gut gehen?

Ich löschte das Licht im Badezimmer, warf die Handtücher zum Waschen auf den Boden und kehrte in das kleine Zimmer zurück.

Auf der Couch befand sich ein Brokatsofakissen, das in der Mitte akkurat per Handkantenschlag gehälftet war. Am Fußende lag eine exakt zusammengefaltete Wolldecke. Ich war ziemlich müde, zog mir ein Nachthemd an und legte mich auf das Sofa.

Auf einem kleinen Tischchen neben meiner Schlafstätte fand ich eine Fernbedienung. Obwohl ich keinen Fernseher entdecken konnte, drückte ich auf die On-Taste. Kaum hatte ich die

Taste gedrückt, hörte ich das typische Geräusch, das entsteht, wenn sich Bahnschranken öffnen oder schließen.

Ich stand auf, ging vor die Tür und sah, dass sich die rotweißen Balken tatsächlich gesenkt hatten. Da die Bahnstrecke jedoch schon vor langer Zeit stillgelegt wurde, drückte ich schnell noch einmal auf die Taste und die Schranken gingen wieder in senkrechte Stellung zurück.

Danach herrschte Stille, absolute Stille.

Nur das Rauschen des Windes und das Röhren eines brünftigen Hirsches waren ab und zu zu hören.

Ich schlief relativ schnell ein.

Morgens um 8.00 Uhr wurde ich durch das Glockengeläut der neuapostolischen Kirche, die im Ort stand, geweckt. Vor der Tür des Schrankenwärterhauses lagen die Tageszeitung und eine Tüte mit frischen Brötchen, Butter und Marmelade.

Mademoiselle Ninette hatte wirklich an alles gedacht.

Ich setzte mich an den kleinen Tisch, steckte den Stecker vom Wasserkocher in die Steckdose und goss das heiße Wasser über das inständig darum bittende Kaffeepulver in der Kaffeetasse.

Ich schlug die Zeitung auf. Auf der Titelseite der Gazette blickte ich in mein eigenes Konterfei.

Die Schlagzeile darüber lautete: „Arbeitslose Wurstwarenfachverkäuferin entführt!"

Mir blieb der Bissen im Halse stecken. Wer um Gottes willen hatte mich, beziehungsweise Roman, entführt?

Hastig las ich weiter.

Die PEC/NO war wirklich mit allen Wassern gewaschen.

Die Organisation hatte mittlerweile auch Teile der so genannten seriösen Presse im Griff. In dem Artikel zu meiner Entführung war zu lesen, dass ein offensichtlich Geistesgestörter damit drohte, sämtliche Talsperren in Deutschland mit Giftsubstanzen zu versehen, wenn nicht ein Lösegeld von 12 Millionen Euro für meine Freilassung gezahlt würde.

Auf der nächsten Seite veröffentlichte das Blatt dann eine relativ genaue Zusammenfassung meines Lebenslaufes. Natürlich wurde auch über mein Verhältnis mit Roman berichtet und ein Foto von ihm abgebildet. Und es kam noch besser. Die PEC/NO hatte es geschafft, dass die Presse berichtete, dass Roman der Geistesgestörte sei.

„Klug eingefädelt", dachte ich. Es wäre jetzt ein Leichtes, sowohl Roman als auch mich gleichzeitig aus dem Verkehr zu ziehen. Aber noch war ich er und er war ich. Was außer uns kaum jemand wusste.

Gegen Mittag vernahm ich ein Geräusch, das mich an meine Kindheit erinnerte.

Ich ging vor die Tür.

Tatsächlich. Jeanette Ninette schien es geschafft zu haben. Eine alte Dampflokomotive mit zwei angehängten Personenwagen schnaubte dampfend auf mich zu. Direkt vor dem Schrankenwärterhäuschen hielt der alte Zug an. Eine Tür im hinteren Bereich des zweiten Waggons öffnete sich. Ich nahm noch schnell die Fernbedienung und verschloss die Schranken. Ordnung muss sein.

Kaum betrat ich den Wagen, der noch aus alten Beständen der Deutschen Reichbahn stammte, da spürte ich, wie sich ein Gegenstand in meine Rippen bohrte.

„Willkommen an Bord, mein lieber Schreiber", hörte ich eine Frauenstimme sagen und bemerkte, dass der Druck eines Pistolenlaufes auf meine Rippen stärker wurde.

Ich drehte mich um.

Da stand sie also leibhaftig vor mir. Karin Schnöder, die Köpfin der PEC/NO höchstpersönlich.

Sie zog die Handfeuerwaffe zurück und zwang mich, auf einem der durchgesessenen Sitze in der Mitte des Waggons Platz zu nehmen. Sie schaute mir mit stechendem Blick in die Augen.

„Also ehrlich gesagt, Schreiber“, sprach sie und lächelte süffisant, „ganz so feminin habe ich Sie mir nicht vorgestellt. Aber egal, nun habe ich Sie endlich. Auf diesen Moment habe ich jahrelang gewartet.“

Ich betete innigst, dass meine Maskerade halten würde, und versuchte, mich typisch männlich zu verhalten. „Tja, Schnöder“, erwiderte ich, „ich hätte auch nicht gedacht, dass eine Organisation wie die PEC/NO von einer so merkwürdig aussehenden Vogelscheuche geleitet wird.“

Das saß. Karin Schnöder zuckte kurz zusammen und versuchte, ihre Fassung wiederzuerlangen.

„Schreiber!“, schrie sie mich an, „wir können auch anders!“

Sie rief nach einem ihrer Bediensteten.

Ein kleiner, älterer Mann mit einer goldenen Zahnspange kam auf sie zu.

Sie flüsterte der unscheinbaren Person etwas ins Ohr und kurze Zeit später erschien das Männlein mit zwei Personen, die gelbe Säcke über den Köpfen trugen. Direkt bis vor meine Füße schleifte sie der Zwerg und grinste dämonisch.

„So, Schreiber, was glauben Sie, wer vor Ihnen liegt?“, fragte Schnöder.

„Konrad Duden und Fred Bertelsmann“, antwortete ich spöttisch.

Das schien der guten Frau wiederum nicht gut zu gefallen.

Sie brüllte mich an: „Schreiber, Sie armes Würstchen, der Spaß wird Ihnen noch vergehen. Sie kennen diese Personen nur zu gut.“

Sie riss den Gefangenen die gelben Säcke vom Kopf.

Ich erschrak innerlich, ließ mir das aber nicht anmerken.

„Na?“, zischte Schnöder, „habe ich zu viel versprochen?“

Ich schluckte. Mosek und Roman lagen gefesselt und geknebelt vor mir.

Karin Schnöder triumphierte.

„So, meine Dame und meine Herren, jetzt fahren wir in aller Ruhe zu Ihnen nach Hause, dann gebt ihr mir die Formel und ich gebe euch die Kugel. Dann wird ein neues Zeitalter auf dem Ernährungssektor eingeläutet."

Mit schallendem Gelächter griff sie mir an den Kragen und zerrte mich in den vorderen Waggon. Mosek und Roman ließ sie achtlos am Boden liegen.

Ich war erstaunt, welche Kraft in der Frau steckte. Sie stieß mich in ein Schlafwagenabteil der 1. Klasse, zog die Vorhänge zu und begann, sich vollständig zu entkleiden.

„Bevor du gehst, Schreiber, sollst du noch mal richtig kommen", lechzte sie und löschte das Licht.

Es roch plötzlich nach Gummi. Kurze Zeit später ging das Licht wieder an und Karin Schnöder stand in einem schwarzen Taucheranzug und mit einer Peitsche in der Hand direkt vor mir. Ihre Augen quollen aus der Maske hervor und blitzten mich an.

Sie warf mir die Peitsche zu und schrie hysterisch: „Schreiber, du Drecksack, gib es mir. Peitsch mich, dreh mir den Arm um, reiß mir die Haare heraus."

Angesichts ihres Gummianzuges fiel es mir schwer, an ihre Dauerwelle zu gelangen. Aber den Arm drehte ich ihr trotzdem um und schlug ihr mit der Peitsche leicht auf den Hintern.

Sie geriet in Ekstase.

„Fester, schlag zu, ich will mehr", stöhnte sie.

Es war mir zuwider. Ich schlug sie weiter und öffnete mit der anderen Hand die Abteiltür. Sie war so außer sich, dass sie nicht bemerkte, wie ich sie bis vor die Ausgangstür des Waggons vorantrieb.

Plötzlich hielt der Zug an. Ich machte weiter Drohgebärden, um sie bei Laune zu halten. Kurz nachdem der Zug wieder anfuhr, öffnete ich die Tür und gab ihr einen leichten Stoß. Sie stürzte kopfüber aus dem Abteil und hatte Glück, dass sie sich nicht schwer verletzte.

Sie war auf eine Weiche gefallen.

Ich schloss die Tür wieder zu und schaute mich im 1.-Klasse-Abteil um.

Außer mir war niemand zu sehen. Leisen Fußes schlich ich mich zum 2.-Klasse-Abteil.

Ich öffnete die Tür nur einen Spalt weit und sah, dass der Giftzwerg am Ende des Waggons vor einem Abteil saß, in dem ich Roman und Mosek vermutete. Offensichtlich hatte sich Karin Schnöder zu sicher gefühlt, denn der kleine Mann war ihr einziger Begleiter. Was sollte ich tun? Die Notbremse ziehen? Lieber nicht. Mein Blick fiel auf einen roten Gegenstand, der an der Wand hing. Ich nahm den Feuerlöscher von der Wand, trat die Tür zur 2. Klasse ein, lief auf den Zwerg zu und rief: „Damenwahl!“ Was natürlich völliger Blödsinn war.

Schnöders Komplize schien nicht der Intelligenteste zu sein, kam auf mich zu, machte freundlich einen Diener und bat mich in der Mitte des Waggons zum Langsamen Walzer. Den sollte er haben. Im Dreivierteltakt gab ich ihm drei Aufwärts- und vier Abwärtshaken, er begab sich ins Land des Lächelns und fiel um.

Nachdem ich den kleinen Mann in der Toilette eingeschlossen hatte, lief ich schnell zu Mosek und Roman, die immer noch gefesselt und geknebelt im Nichtraucherabteil lagen. Ich steckte mir eine Zigarette an und befreite sie aus der unangenehmen Situation.

Bevor wir uns unterhalten konnten, wie es zu alledem gekommen war, endete unsere Fahrt abrupt.

Wir wurden mit Tempo 130 von einem vorbeirauschenden ICE touchiert und die alte Dampflok sprang aus den Schienen. Kurz bevor der Zug in Mülheim an der Ruhr – so weit waren wir schon gekommen – in die Ruhr stürzte, retteten wir uns mit beherzten Sprüngen ins Freie. Der Lokführer, ein getreuer PEC/NO-Mitläufer, blieb bis zum Schluss in seinem

Führerhaus. Getreu dem Motto: Frauen und Kinder zuerst. Mit lautem Getöse versank die Lokomotive mitsamt der zwei Anhänger und dem Fahrer in den Fluten der Ruhr.

Bevor wir durchatmen konnten, weil wir uns in Sicherheit fühlten, sahen wir von beiden Seiten der Straße Autos aus dem Hochpreissegment mit rasender Geschwindigkeit auf uns zukommen. Wir hatten die PEC/NO wohl doch unterschätzt. Bewaffnete Männer und Frauen schossen wie wild mit Maschinenpistolen in unsere Richtung.

Wir mussten uns trennen, wenn wir noch eine Chance haben wollten, zu entkommen. Wir vereinbarten schnell einen Treff in zwei Tagen im Bochumer Bermudadreieck und verschwanden, so schnell wir konnten, im Unterholz eines angrenzenden Waldes. Die Schüsse verhallten. Zumindest ich hatte es geschafft und hoffte, dass auch Mosek und Roman in Sicherheit waren.

Meine Nase juckte und ich bemerkte, dass nun auch dort ein Teil meiner Romanmaske anfing, sich zu lösen.

Nach einem Fußmarsch von zwölf Kilometern kam ich an der S-Bahn-Station Mülheim-Styrum an. Ich erreichte gerade noch die letzte S1 in Richtung Dortmund und stieg am Bochumer Hauptbahnhof ziemlich erschöpft aus.

Gut, nun war ich wieder in meiner Heimatstadt. Aber wie sollte es jetzt weitergehen?

Auf keinen Fall durfte ich in meine eigene Wohnung zurückkehren. Ich blickte mich in der modernisierten Bahnhofshalle um. Nichts, was mich beunruhigen konnte. Ich trank mir am Ausgang in der Bäckerei noch einen Kaffee und ging auf die Telefonzellen zu. Auf dem Bahnhofsvorplatz hielt ein Taxi direkt vor mir. Ich schaute auf den Fahrer. Es war Mosek. Er öffnete mir die Beifahrertür und ließ mich einsteigen.

„Mosek, so langsam werden Sie mir unheimlich, wie haben Sie denn das nun wieder hinbekommen?“

Er lachte schelmisch und sagte: „Eine Stasivergangenheit hat auch was Gutes, fragen Sie nicht weiter."

Er fuhr mit mir in Richtung Stadtparkviertel und bog in die Zeppelinstraße ein.

Vor einem Haus, typischer 50er Jahre Baustil, parkte er den Wagen auf dem Seitenstreifen. Er öffnete mir die Tür und bat mich, auszusteigen. Wir verschwanden in dem Flachbau und Mosek ging mit mir zum Fahrstuhl. Er drückte zweimal auf die Taste 0. Quasi 00. Und schon ging es abwärts.

Unterhalb des Kellergeschosses schien es ein zweites Kellergeschoss zu geben. Dieses erreichte man jedoch nur, wenn man davon wusste und wie Mosek zweimal auf die Null drückte. Dort angekommen passierte erst einmal nichts. Die Tür ließ sich nur mit einem Spezialschlüssel öffnen. Und Mosek war natürlich im Besitz eines solchen Schlüssels. Ich fragte ihn lieber nicht, woher er ihn hatte. Er steckte das sauber gefeilte Metallstück in den dafür vorgesehenen Schlitz, drehte es kurz nach links, dann wieder zweimal nach rechts, drückte fünfmal auf die Null und die Fahrstuhltür öffnete sich.

Es war zwar relativ dunkel, aber ich sah, dass sich vor uns ein schier unendlich langer Gang befand. Er war komplett mit angegilbten weißen Kacheln verkleidet.

„Dieser Gang", so Mosek, „führt direkt bis zum ehemaligen Nordbahnhof. Er wurde während des Zweiten Weltkriegs angelegt, um die Verwundeten aus den dort ankommenden Zügen gefahrlos ins Augusta-Krankenhaus zu transportieren. In den 60er Jahren benutzten dann viele Ärzte den Weg, um nach Kunstfehlern schneller die Stadt zu verlassen. Kommen Sie, Sylvia, Sie werden staunen, wie schnell wir am Nordring sind."

Tatsächlich, keine zehn Minuten später standen wir vor einer weiteren Fahrstuhltür. Mosek hatte sich natürlich auch für diesen Aufzug den passenden Schlüssel besorgt und wir gelangten in die Kellerräume der Halle der ehemaligen Güterabfertigung.

Außer ein paar Ratten waren keine weiteren Lebewesen in der Nähe. Es herrschte eine nahezu gespenstische Atmosphäre. Plötzlich knirschte es in der Ecke, in der noch Reste des Fundamentes der alten Verladewaage standen. Mosek nahm seine Taschenlampe und leuchtete in Richtung des Geräusches.

Ich sah mein Gesicht aufleuchten. Es war also Roman.

Er rannte auf mich zu, umarmte mich und wir küssten uns. Mosek schaute sich derweil in dem dem Verfall preisgegebenen Gebäude um. Nachdem Roman und ich genügend Speichelflüssigkeiten ausgetauscht hatten, gingen wir zu Mosek zurück.

Was konnten wir noch tun, um der PEC/NO den Zugang zur Formel zu verwehren?

Wir berieten uns fast drei Stunden lang.

Ich musste irgendwie in Willis Wohnung gelangen, um die Formel zu vernichten.

Roman und Mosek wollten zunächst einmal unauffällig zum Schlachthof gelangen, wo Mosek noch ein Kühlhaus und zwei Büroräume, von denen mit Sicherheit niemand mehr etwas wusste, besaß. Am nächsten Abend sollte ich dann, nachdem ich die Formel vernichtet hatte, wieder zu ihnen stoßen, damit wir uns endgültig nach Kuba, wo Mosek über hervorragende Kontakte verfügte, absetzen konnten. Leicht gesagt. Ich hätte Willi natürlich anrufen können, aber das war mir zu heiß. Also blieb mir nichts anderes übrig, als ihn in seiner Wohnung aufzusuchen.

Ich konnte nur hoffen, dass Willi während meiner Abwesenheit gut auf die Dose aufgepasst hatte.

Vom Nordbahnhof bis zu Willis Wohnung in der Robertstraße waren es ungefähr zwei Kilometer. Also gut in einer halben Stunde zu erreichen.

Es war kurz vor 4.30 Uhr in der Frühe. Noch war es dunkel. Ich machte mich schnell auf den Weg. Gegen 5.00 Uhr erreichte ich die Robertstraße.

Willi wohnte in einem Altbau, der den Zweiten Weltkrieg nahezu schadlos überstanden hatte. Willis Vermieter erzählte gerne die Geschichte, dass in den letzten Kriegstagen ganz in der Nähe eine Bombe detoniert war. Daraufhin sei das Haus einen Meter in die Luft gehievt worden und anschließend habe es sich wieder genau auf das Fundament gesenkt.

Nette Geschichte, Herr Münchhausen.

Seitdem ließ sich die Haustür nicht mehr richtig verschließen. Das war gut für mich. So tippte ich nur kurz vor die Eingangstür, die sich quietschend öffnete.

Ich stand im dunklen Hausflur. Es war genau so, wie Willi es mir schon mehrfach geschildert hatte.

Es roch nach Cannabis und Gulaschsuppe. Aufgrund der niedrigen Mieten wohnten in dem alten Kasten hauptsächlich Azubis, Studenten und eine Alten-WG.

Willi residierte ganz oben unter dem Dach im fünften Stock. Die Holztreppe, die nach oben führte, machte nicht gerade einen einladenden Eindruck.

Im ersten Stock, den eine Frauen-Studenten-WG komplett angemietet hatte, drang Hip-Hop-Musik durch die Tür auf den Flur.

In der zweiten Etage herrschte Ruhe. Dort wohnten auf der linken Seite vier schwule Theologen und auf der rechten Seite eine Familie mit acht kleinen Kindern.

Ein Stockwerk höher war die WG „Die wilden Alten" untergebracht. Alles Menschen weit jenseits der 75. Und wenn mich nicht alles täuschte, roch es hier sehr stark nach Haschisch.

Aus der vierten Etage kam mir ein Mann mit einem schwarzen Turban und einem langen weißen Bart entgegen. Ich hörte noch, wie er sich von seiner Frau verabschiedete. Er gab ihr Instruktionen, wie sie sich zu verhalten hätte, wenn das Ausländeramt mal wieder vorbeischauen würde.

„Dann sag ihnen einfach, ich würde bei einer Spedition

arbeiten. Und wenn sie mich suchen würden, sag ihnen, ich bin laden!"

Er lachte sich schlapp, grüßte mich freundlich und ging gemütlich die Treppe herunter.

Nach zwölf weiteren Stufen stand ich endlich vor Willis Wohnungstür.

Meine Katze lebte noch. Ich roch es. Es stank extrem nach Katzenpisse. Ich musste niesen. Ich putzte mir die Nase und bemerkte beim Schnäuzen, dass sich ein Teil der Nase meiner Maske gelöst hatte.

Das Licht im Hausflur erlosch. Ich ging einen Schritt vorwärts und sah einen Lichtstrahl aus Willis Wohnungstür, die nur angelehnt war, scheinen. So konnte ich die Tür leicht öffnen. Ich betrat die Wohnung. Das Licht war heruntergedimmt. Meine kleine süße Katze kam mir entgegen. Wir hatten uns eine Ewigkeit nicht mehr gesehen. Misstrauisch schnupperte sie an meinen Socken, schien mich zumindest geruchsmäßig zu erkennen, hob ihren Schwanz in die Höhe und schnurrte genüsslich. Sie schlängelte sich rund um meine Beine und rieb sich daran ihren Katzenbuckel. Ich beugte mich zu Lassie herunter und wollte sie streicheln. Sie blickte zu mir auf, senkte schlagartig ihren Schweif und rannte in Richtung Badezimmer, wo das Licht den Raum hell erleuchtete. Sie sprang auf die Fensterbank vor dem geöffneten Fenster.

Ich lief hinterher.

Nachdem ich das Bad betreten hatte, sah ich, dass Willi mal wieder vor dem Spiegel stand und an sich selbst Hand anlegte.

Im Gegensatz zu Lassies Schweif war seiner nicht gerade gesenkt.

Im Gegenteil.

Er stand kurz vor der Entladung.

„Willi!", rief ich.

Er drehte sich erschrocken um, erkannte zwar meine Stimme, konnte jedoch mit meiner Maskerade nichts anfangen. Er hatte sich dermaßen erschrocken, dass es ihm vorzeitig kam. Sein Ejakulat traf die arme Katze zwischen die Augen. Lassie verlor daraufhin den Halt und stürzte laut jaulend aus dem Fenster des fünften Stockes hinunter auf die Straße. Ich blickte hinterher.

Alle Brote, die einseitig belegt oder beschmiert sind, fallen immer auf die belegte Seite. Alle Vögel fliegen hoch und Katzen kommen nach einem Sturz aus der Höhe immer auf ihren Pfoten auf. Alle, bis auf Lassie.

Sie lag relativ zermatscht auf ihrem Rücken im Rinnstein. Ich begann, bitterlich zu weinen. Ich sah noch, wie ein Mann in einem weißen Kittel meine kleine, heiß geliebte Lassie in einen Sack packte und mit der mausetoten Katze zu einem Kleintransporter lief und schnell fortfuhr.

Willi war vollkommen blass an der Nase und noch etwas nass an der Blase.

Er sah mich ungläubig an und fragte: „Wer sind Sie? Sie haben Sylvias Stimme, aber Sie sind ein Mann!" Ich klärte Willi auf. In aller Kürze sagte ich ihm, in welcher Bredouille Mosek, Roman und ich steckten. „Was ist mit der Dose Formvorderschinken, die ich dir anvertraut habe?", wollte ich wissen.

Die Frage schien Willi erwartet zu haben.

„Frau Stuben", antwortete er, „ich muss gestehen, dass ich die Dose direkt nach Ihrem Verschwinden aus Bochum geöffnet habe. Lassie hatte Hunger und ich habe den gesamten Inhalt der Dose mit Katzenfutter aus einer anderen Dose vermischt und sie hat alles aufgefressen. Erst am nächsten Tag habe ich dann die restlichen Dosen Katzenfutter aus Ihrer Wohnung geholt."

Das durfte ja wohl nicht wahr sein. Lassie hatte also bereits vor über einem Jahr die Formel aufgefressen. Wir hätten uns den ganzen Zirkus mit Flucht, Maskerade und der gleichen Scherze mehr sparen können. Ich musste Roman und Mosek informieren. Aber wie?

Die Lösung ließ nicht lange auf sich warten.

Die Tür zu Willis Wohnung stand noch auf und im Flur stand plötzlich ein Mann, groß wie ein Kleiderschrank, vor uns. Er kam auf uns zu, gab Willi eine schallende Ohrpfeife, packte mich am Kragen und schüttelte mich.

„So, Schreiber, jetzt reicht es. Sie haben uns lange genug veralbert. Ich werde Sie jetzt zu Mosek und zu Ihrer Tussi bringen, vielleicht fällt Ihnen dann gemeinsam ein, wo die Formel ist."

Er schob mich vor die Wohnungstür, ging in die Wohnung zurück, klatschte Willi mit dem Kopf an die Wand und fesselte den bewusstlosen jungen Mann an die Heizung.

Auf der Straße vor dem Haus stand ein alter Fiat Panda. Mein Kidnapper riss die Beifahrertür auf, die daraufhin hinausfiel, stieß mich auf den Beifahrersitz und fuhr auf die Dorstener Straße. In Höhe der Freudenbergstraße bog er rechts ab. Keine zwei Minuten später waren wir auf einem Parkplatz im Innenhof des Bochumer Schlachthofes angekommen.

Es herrschte Rush Hour – Hauptschlachtzeit. Ein bestialischer Gestank schlug mir entgegen.

Während tausende von Schweinen, Rindern und Kühen durch das Haupttor des Schlachthofs zur Bolzenschussanlage getrieben wurden, trieb mich mein Entführer 300 Meter entfernt zu den Kühlhäusern, die sich auf der hinteren Seite des Innenhofes befanden.

Auf einer der vielen Eisentüren prangten die Buchstaben „PM".

Ich verstand: „Paul Mosek".

„Mein lieber Schreiber, jetzt werden Sie sich wundern", sagte der Kleiderschrank und lachte schallend.

Er öffnete die Tür zu den Räumen, die sich vor dem eigentlichen Kühlhaus befanden.

War ich verrückt geworden?

War das alles nur ein schlechter Traum?

Auf gerade einmal zehn Quadratmetern Fußboden standen die 15 mächtigsten Staatschefs der Industrieländer.

Und direkt vor ihnen, auf einer Fußbank stehend, leicht über allen erhöht, Karin Schnöder, die allermächtigste Frau der Welt, die Chefin der Pecunia Non Olet AG, kurz PEC/NO.

„Tja, Schreiber", sagte sie, lächelte mich an und hielt mir die Spitze einer Gertenrute unter das Kinn. „Sie haben uns alle an der Nase herumgeführt. Das lassen wir, das lasse ich mir von Ihnen nicht bieten. Sie haben ab jetzt genau drei Stunden Zeit, uns zu sagen, wo wir die Formel finden können. Wenn nicht, werden Sie und Ihre Mitläufer erbärmlich erfrieren. Die Uhr läuft gegen Sie. Ab sofort!"

Sie zeigte mit der Peitsche auf die Tür zur Kühlkammer, der Kleiderschrank löste die Stahlverriegelung, und schubste mich in den erstaunlich großen Eisschrank. Ich fiel zu Boden und hörte, wie er die Tür wieder zuzog und mit dem Riegel die Tür verschloss und dafür sorgte, dass die Kammer luftdicht versiegelt war.

Ich stand wieder auf und blickte mich um.

Auf der linken Seite des Kühlhauses hingen ausgebeinte Schweine- und Rinderhälften. Auf der rechten Seite konnte ich kleinere geschlachtete Tiere wie Kaninchen, Ratten, Hunde, Tapire, aber auch Feuersalamander und Nasenbären, an Fleischerhaken hängend, erkennen.

Roman und Mosek saßen dicht vor einer weiteren Tür, die in eine zweite Kammer führte.

Sie schienen schon sehr geschwächt zu sein.

Ich lief auf Roman zu und fiel ihm um den Hals. Mein Kopf stieß an seinen Kopf. Meine linke Gesichtshälfte knackte, seine rechte Gesichtshälfte knackte. Durch die eisige Kälte fiel jeweils ein Teil unserer Masken von unseren Gesichtern ab. Wir küssten uns.

Mosek musste lächeln. „Nun seid ihr zwar wieder halb ihr, aber im Prinzip sind wir alle nichts mehr. Egal ob halb oder ganz. Die ganze Bande, die draußen vor der Tür steht, wartet nur darauf, dass wir weich werden, bevor wir hart werden. Aber darauf können sie lange warten!"

Romans Atem wurde immer schwächer. Er kippte nach hinten, fiel auf den Boden und der Rest der Maske fiel von ihm ab. Ich schaute ihm noch einmal in seine wunderschönen blauen Augen. Und auch er blickte noch einmal in meine Augen, bäumte sich noch einmal kurz auf und riss mir den Rest meiner Maske vom Gesicht. „Sylvie, es war schön mit dir. Im Jenseits sehen wir uns wieder", waren seine letzten Worte.

Mosek hatte Tränen in den Augen, die sogleich zu Eis gefroren.

Auch er wusste, dass er nicht mehr lange zu leben hatte.

„Kommen Sie", bat er mich, nahm mein eiskaltes Händchen und brachte mich zu der Tür, die in den Hinterraum des Kühlhauses führte. Er öffnete das Eisentor.

Ich war fasziniert. Welch ein Anblick!

Vor mir standen, saßen und lagen die bedeutendsten Sozialisten aus den letzten 200 Jahren.

Alle aus Eis gemeißelt.

„Das ist quasi mein Lebenswerk, Sylvia", sagte Mosek. „Während meines ersten Urlaubs in Oberammergau lernte ich einen Herrgottschnitzer kennen, der die Touristen mit handgeschnitzten Holzfiguren versorgte und davon gut leben konnte. Er brachte mir die Grundtechnik des Schnitzens bei. Ich wollte natürlich etwas Besonderes schaffen.

Und so habe ich mich auf das Sozialistenschnitzen in Eis spezialisiert.

In der ehemaligen DDR habe ich anfangs der 80er Jahre dafür sogar als Preis eine Woche Urlaub auf Hiddensee bekommen. Ich habe jetzt fast alle fertig geschnitzt. Selbst Fidel Castro steht kurz vor der Vollendung. Sagen Sie selbst. Sind sie nicht schön?"

Das waren Moseks letzte Worte.

Zufrieden schlief er ein.

Und so saß ich dann eiskalt neben dem noch kälteren Willi Brandt. Auch ich war am Ende meiner Kräfte angelangt und überlegte krampfhaft, ob es nicht doch noch eine Chance gäbe, aus dieser Falle zu entkommen. Aber wollte ich das wirklich? Vielleicht hätte es der noch lebende Willi geschafft, die Tür mit seinem ... Ich verwarf den Gedanken und musste trotzdem grinsen. Ich erhob mich, schaute noch einmal allen eisigen Sozialisten in die Augen und verabschiedete mich innerlich von ihnen und auch von der Welt. Aber so einfach sollte es die PEC/NO nicht geschafft haben. Ich schleppte mich mit letzten Kräften zurück ins Hauptkühlhaus, wo all die toten Tiere hingen. In der Kleintierreihe ganz hinten in der Ecke sah ich eine kleine, schwarze Katze, Es war meine kleine Katze Lassie, die an einem Fleischerhaken hing. Ihre gefrorenen Haare standen zu Berge und ihre Zunge hing lang aus ihrer Schnauze heraus. Ich hörte, wie der Riegel des Eisentores aus der Verankerung gelöst wurde.

Ich schaute Lassie noch einmal genauer an.

An wen erinnerte mich bloß dieses Gesicht?

Ein Stein fiel mir vom Herzen, als es mir einfiel.

Kurz bevor mich meine Kräfte ganz verließen und es mit mir zu Ende ging, nahm ich einen kleinen Zettel, der auf dem Schlachtertisch lag, und schrieb die Formel: „$E = mc^2$“ darauf.

An dieser Formel hatten sich schon ganz andere die Zähne ausgebissen. Ich warf den Zettel mitten in den Raum.

„Das Erfrieren“, hatte einmal jemand gesagt, so war mein letzter Gedanke, „das Erfrieren ist ein schöner Tod. Man setzt sich hin, schläft ein und wenn man wieder wach wird, ist man tot!“

Bibliografische Information der Deutschen Bibliothek:
Die Deutsche Bibliothek verzeichnet diese Publikation
in der Deutschen Nationalbibliografie;
detaillierte Daten sind im Internet über
<http:// dnb.ddb.de> abrufbar.

Cover und Illustrationen: Miriam Fischer, Essen
Lektorat: Christiane Badenberg, Ursula Jennemann-Henke, Detlef Kliebisch
(Frankfurt/Bochum/Dortmund)

http://www.schinkenroman.de

Satz, Umschlagdesign, Herstellung und Verlag:
Books on Demand GmbH, Norderstedt
ISBN: 978-3-8370-5333-3